Horst Fröhler / Herbert Puchta

LILO

Leselehrgang
Teil B

1

HELBLING

8. Zz Kk Ää Öö Üü ck ie äu

1 Nenne die Wörter. Was klingt am Anfang gleich? Verbinde.

2 Wo hörst du am Anfang ein K? Kreise ein.

K

3 Wo hörst du am Anfang ein Z? Kreise ein.

Z

Wörter: 1: Äpfel, Zitrone, Krone, Österreich, überholen, Ärmel, Kanne, öffnen, überlegen, Zug, Öl, Ähre, zaubern, Katze, überrascht
2: Krone, Gabel, Kind, Kuchen, Gitarre 3: Zebra, Zug, Salat, Zaun, Sonne

1 Schau das Bild an und erzähle.

Was machen Lilo, Emil und Rufus auf dem Bild?
Was machen sie sonst noch gerne?
Welches Hobby würdest du gerne ausüben?
Was brauchst du dazu?

2 Nummeriere.

7

Das siebte Lesegeheimnis

8. Zz Kk Ää Öö Üü ck ie äu

1 Welche Buchstaben gehören zusammen? Kreise ein.

2 Hör zu. Zeichne den richtigen Weg nach.
Klebe das Bild des Kätzchens zum richtigen Haus.

28

Material: 2: Audio 28, Klebebild

1 Was passt zusammen? Verbinde.

2 Lies die Sätze.
Ersetze dann die farbigen Wörter und schreib ins Heft.

Das bin ich!

Meine Träume.

Ich möchte gern einen Hund haben.

Ich möchte gern fliegen können.

Ich möchte gern ein Baumhaus bauen.

Das wäre schön, so wunderschön.

8. Zz Kk Ää Öö Üü ck ie äu

1 Lies und verbinde.

- der Knödel
- der Käfig
- die Königin

- die Mäuse
- die Häuser
- die Bäume

- der Zufall
- die Zunge
- der Zug

- die Blüte
- die Hüte
- das Gemüse

- der Käfer
- die Säge
- der Käse

- die Banane
- die Bänke
- der Bäcker

2 Lies die Sätze.
Ersetze dann die farbigen Wörter und schreib ins Heft.

Das bin ich!

Wenn ich eine Zauberin wäre,
könnte ich aus Muscheln Schmetterlinge zaubern.

Wenn ich mir etwas wünschen könnte,
würde ich mir ein U-Boot wünschen.

Lernsoftware L LI LILO

1 **Lies die Geschichte. Hör dir dann das Lied dazu an.**

29–30

Die Suche

Am Nachmittag:

Martin: Hör gut zu!
Wir treffen uns um Mitternacht am Waldrand.

Florian: Was? Um Mitternacht?

Martin: Warum nicht? Hast du vielleicht Angst?

Florian: Ich soll Angst haben? Wirklich nicht.

Martin: Dann ist's gut.
Und noch etwas: Bring eine Schaufel mit!

Florian: Mach ich.

Um Mitternacht am Waldrand:

Martin: Alles klar?

Florian: Natürlich. Hier ist die Schaufel.
Und einen Sack hab ich auch mit.
Für das Gold.

Martin: Bestens. Los geht's.

Material: 1: Audios 29, 30

Im Wald:

Florian: Sei ruhig. Da war was! Schnell nach Haus!

Martin: Sei nicht kindisch! Das war eine Eule.

Nach wenigen Minuten:

Martin: Da musst du graben.
Da hat der Mann die Kiste verborgen.

Florian: Und sie ist wirklich voll Gold?

Martin: Glaubst du mir vielleicht nicht?

Florian: Wenn da wirklich Gold vergraben liegt,
warum grinst du dann so?

Martin: Ha, ha. Ich hab dich reingelegt.

Florian: Was? Das find ich gar nicht lustig.

Martin: Tut mir leid. Es war nur ein Scherz.

Was meint ihr? Findet ihr das lustig?
Wie geht die Geschichte weiter? Habt ihr eine Idee?
Lest die Geschichte mit verteilten Rollen.

1 **Ein Wort pro Zeile ist anders. Kreise ein.**

Gold	Gold Gold Gold Gold Gold Gold Gold Gold Geld Gold
Eule	Eule Eule Eule Eule Eule Eule Eule Eule Eule Eile Eule
lustig	lustig lustig lustig listig lustig lustig lustig lustig
graben	graben graben grasen graben graben graben graben

2 **Wer sagt was? Verbinde.**

- Florian
- Martin

- Wir treffen uns um Mitternacht am Waldrand.
- Und einen Sack hab ich auch mit.
- Und sie ist wirklich voll Gold?
- Es war nur ein Scherz.

3 **Lies die Sätze.**
Ersetze dann die farbigen Wörter und schreib ins Heft.

In dieser Kiste habe ich was verborgen.
Rate mal, was das ist! Eine Adlerfeder.

Ich habe was unter meinem Bett verborgen.
Was könnte das sein? Mein Lieblingsbuch.

8. Zz Kk Ää Öö Üü ck ie äu

1 **Lies die Geschichte.**

Warme Sachen

2 Lies die Geschichte nochmals durch.
Mache ✔ für richtig oder ✘ für falsch.

Es ist ein sehr warmer Tag. ◯

Rufus will eine Reise in die Arktis machen. ◯

Rufus hat ein Geheimnis. ◯

Er will in der Arktis einen Film schauen. ◯

Emil kommt mit Rufus mit. ◯

Die Reise ist sehr interessant. ◯

Sie sehen einen Wal und einen Löwen. ◯

Rufus und Emil freuen sich beide sehr. ◯

3 Stelle die falschen Sätze richtig. Schreib ins Heft.

1 **Schau dir das Bild an. Erfinde eine Geschichte dazu. Lies dann den Text.**

Rufus hat Angst

Lilo will Rufus eine Geschichte vorlesen, eine Geistergeschichte. Rufus ist ganz blass vor Angst. „Gib mir deine Hand!“, fleht er. „Das geht leider nicht. Ich muss doch lesen. Du brauchst aber keine Angst zu haben“, versucht Lilo ihn zu beruhigen. „Ich bin bei dir.“

Lilo liest weiter. Rufus schaut voll Angst im Raum herum. Auf einmal schreit er: „Hinter dir ist ein Geist!“

Material: 1: Klebebild

Rufus hat vor Angst die Augen zugemacht. „Rufus, schau mal! Ich kann dir verraten, wer der Geist ist.“ Lilo hat das Licht aufgedreht. Sie lacht schallend. Sie deutet auf ein Bild an der Wand. „Mach die Augen auf und schau, wer der Geist ist!“ Rufus will die Augen nicht gleich aufmachen. Aber dann schaut er doch.

Und was sieht er da? Er hat vor einem Foto an der Wand Angst gehabt!

Was glaubst du, wie das Foto aussieht vor dem Rufus Angst hat?
Klebe das Foto ein.

2 **Lies die Sätze.**
Ersetze dann die farbigen Wörter und schreib ins Heft.

Das bin ich!

Manchmal habe ich Angst vor Mäusen.

Ich habe keine Angst vor Hunden.

9. Pp Cc ß tz St st Sp sp

1 Nenne die Wörter. Was klingt am Anfang gleich? Verbinde.

2 Wo hörst du am Anfang ein P? Kreise ein.

P

3 Wo hörst du am Anfang ein St? Kreise ein.

St

Wörter: 1: Stein, Cowboy, parken, Spinne, Clown, stark, Spiegel, Puppe, springen, Pinguin, Computer, Stern 2: Puppe, Blatt, Pinguin, Bus, Dose
3: Stein, Stern, Spinne, Schere, stark

1 **Nummeriere.**

8 Das achte Lesegeheimnis

2 **Lies die Sätze.**
Ersetze dann die farbigen Wörter und schreib ins Heft.

Wenn ich gesund bin,
wenn meine Freunde bei mir sind,
wenn ich meine Augen schließe und träume –
dann fühle ich mich stark,
ganz stark!

Material: 1: Video 8

Lernsoftware L LI LILO

1 **Hilf Emil, den richtigen Weg zu finden.
Verbinde die Silben zu Wörtern.**

1 **Was passt zusammen? Verbinde.**

- spitz
- stolz
- heiß

- weiß
- heiß
- stolz

- sitzen
- putzen
- schwitzen

- Pferd
- Pfau
- Pferde

- Stiege
- Stirn
- Stein

- Computer
- Cola
- Clown

- stark
- weiß
- heiß

- sitzen
- reißen
- schwitzen

- Stern
- Storch
- Stock

- springen
- streichen
- sparen

1 **Hör zu. Wer findet das Lösungswort?**

31

Ein Rätsel

Finde heraus, was Rufus am liebsten isst.
Hör zuerst zu und kreise die Wörter ein.
Schau die Wörter genau an.
Schreib die richtigen Buchstaben in das Feld
mit dem roten Rahmen.
Zeichne auf Rufus' Teller, was er am liebsten isst.

1 Kuchen / Banane	2 schwitzen / spinnen	3 Löffel / Sieb
4 Lieder / König	5 stark / sparen	6 stolz / heiß

Das isst Rufus am liebsten:

K					
1	2	3	4	5	6

Material: 1: Audio 31

Lernsoftware L LI LILO

1 **Lies und denk nach.**

Nach einem Streit

Ich?
Den ersten Schritt machen?
Ich soll den ersten Schritt machen?
Warum soll ich?
Warum soll ich den ersten Schritt machen?

Warum ich?
Den ersten Schritt machen?
Warum eigentlich nicht?

Gerda Anger-Schmidt

Kannst du jemandem verzeihen, oder fällt es dir schwer? Sag warum.
Ist es dir schon einmal gelungen, nach einem Streit den ersten Schritt zu machen? Erzähle davon.

2 **Lies die Sätze.**
Ersetze dann die farbigen Wörter und schreib ins Heft.

Wann beginne ich Streit?
Wenn ich nicht gut zuhöre.
Wenn ich schlecht aufgelegt bin.
Wenn ich wütend bin.
Wenn man mir etwas wegnimmt.
Und hinterher – tut es mir oft leid!

9. Pp Cc ß tz St st Sp sp

1 **Lies die Geschichte.**

Fliegende Untertassen

Ella steht in der Küche und isst ein Butterbrot. Sie sieht aus dem Fenster. „Da!“, schreit sie. „Eine fliegende Untertasse!“

Ihre Mama kennt das schon. Ella hat Fantasie. In ihrer Fantasie sieht sie immer wieder tolle Dinge: tanzende Dinosaurier, Einhörner mit rosa Sätteln im Mondschein, und neulich hat sie unter ihrem Bett sogar kleine grüne Roboter gesehen!

Mama hat eine Menge Arbeit. Sie kann sich nicht um Ellas fliegende Untertassen kümmern. „Ach du mit deiner Fantasie!“, sagt sie nur.

Ella sieht immer mehr Untertassen. Sie sind färbig und sie segeln durch den ganzen Garten. „Ob in den Untertassen Aliens sitzen?“, denkt Ella. „Ich muss die Polizei rufen!“, sagt Ella. Sie läuft hinaus in den Garten.

Im Garten sieht es richtig wild aus. Überall sind Untertassen. Immer wieder kommen neue geflogen! Die tanzen längere Zeit im Wind. Erst dann fallen sie zu Boden. „Hoffentlich sind die Aliens nicht gefährlich“, denkt Ella. Ella blickt zum Himmel. Der ganze Himmel ist voller Untertassen.

Aber was ist das? Ella sieht ihren Bruder. Er steht am Dachbodenfenster. Und was macht er da? Er hat eine Schachtel mit Papiertellern vor sich. Sie gehören zum Campinggeschirr. Ellas Papa hat es auf dem Dachboden aufbewahrt.

Ellas Bruder wirft sie aus dem Fenster. Einen Teller nach dem anderen. „Schau Ella!“, ruft er. „Sie sehen aus wie fliegende Untertassen!“

„Ach, du mit deiner Fantasie!“, sagt Ella nur. Dann geht sie zurück in die Küche.

1 **Wer kann das gut vorlesen?**

Ein Hase, der gern Bücher las …
(Um die Wette zu lesen)

Ein Hase, der gern Bücher las,
fand ein dickes Buch im Gras,
er setzte sich ins Gras und las
das dicke Buch, im Buch stand das:

Ein Hase, der gern Bücher las,
fand ein dickes Buch im Gras,
er setzte sich ins Gras und las
das dicke Buch, im Buch stand das:

Ein Hase, der gern Bücher las,
fand ein dickes Buch im Gras,
er setzte sich ins Gras und las
das dicke Buch, im Buch stand das:

Ein Hase, …

Josef Guggenmos

2 **Zwei Wörter pro Zeile sind anders. Kreise ein.**

dick	dick dicht dick dick dick dick dick dick dick dick Blick dick
Bücher	Bücher Bücher Tücher Bücher Bäche Bücher Bücher Bücher
setzte	setzte setzte sitzt setzte setzte letzte setzte setzte setzte setzte
Wette	Wette Wette Wette Wette Welle Watte Wette Wette Wette
Hase	Hase Hase Hase Hose Hase Hase Hase Hase hatte Hase

1 **Wie oft kannst du den Hundenamen finden? Arbeitet zu zweit. Lies dann die Geschichte.**

Hast du ein Haustier?
Welche Pflege braucht es?
Wer kümmert sich die meiste Zeit darum?

Zerberus

Daniela hat einen Hund.
Er heißt Zerberus.

In letzter Zeit hatte Daniela etwas weniger Zeit
für Zerberus gehabt.
Sie hatte ein Computerspiel geschenkt bekommen.
Zerberus war darüber nicht erfreut.
Er hockte unter dem Küchentisch und winselte.
Daniela merkte es kaum.

Eines Tages kam Daniela von der Schule nach Hause.
Zerberus lag bewegungslos und still da.
„Mutti! Mutti! Zerberus muss sterben!“, brüllte Daniela.
Danielas Mutter fuhr mit den beiden zur Tierklinik.
Der Tierarzt war ein freundlicher Herr mit einer dicken Brille.
Er untersuchte Zerberus genau.
„Der Hund ist vollkommen gesund“, sagte er.
„Aber ein Hund braucht nicht nur Futter und Wasser.
Man muss sich auch um ihn kümmern.“

Daniela sagte nichts. Aber sie hatte verstanden.
„Das blöde Computerspiel“, dachte sie.
„Ich hab wirklich zu wenig mit Zerberus gespielt!“

Von da an spielte Daniela wieder oft mit Zerberus.
Mit dem Computerspiel spielte sie nicht mehr so oft.
Zerberus war ihr nämlich viel wichtiger.

1 **Kannst du erraten, warum Karin zornig ist? Lies dann die Geschichte und finde heraus, wer was sagt. Klebe die passenden Bilder ein.**

Karin ist zornig

Lest die Geschichte auch mit verteilten Rollen.

Warum bist du so zornig, Karin?

Ich habe mich gerade sehr geärgert, Papa.

? Über wen denn?

? Über einen Buben aus unserer Klasse.

? Was hat er dir getan?

? Getan? – Gar nichts.

? Komisch. Warum ärgerst du dich dann?

? Weil er gesagt hat, Mädchen können nicht Fußball spielen.

? So ein Unsinn!

? Das finde ich auch. Darum bin ich auch so zornig.

Material: 1: Klebebilder

1 Lies die Geschichte.

Manuela

Manuela ist eine echte Sportskanone. Mit ihren Freundinnen Iris und Doris fährt sie oft Radrennen im Hof hinter dem Haus. Dort gibt es keine Autos.

Am liebsten aber spielt Manuela Fußball. Ihre Freundinnen mögen Fußball nicht so gern. Deshalb spielt Manuela meistens mit den Buben. Am Anfang war das gar nicht so einfach. Die Buben wollten sie nicht mitspielen lassen. Aber bald mussten sie einsehen, dass auch Mädchen Fußball spielen können.

Manuela spielt sehr gut Fußball. Später möchte sie einmal in einem richtigen Verein spielen. „Aber nicht in einer Mannschaft“, sagt Manuela und lacht. „Ich spiele natürlich in einer Frauschaft!“

Was machst du besonders gerne?
Was kannst du besonders gut?
Findest du es richtig, dass die Buben am Anfang Manuela nicht mitspielen lassen wollen?

2 Lies die Sätze.
Ersetze dann die farbigen Wörter und schreib ins Heft.

Am Nachmittag gehe ich gern
mit meinem Hund in den Garten.

Am Abend spiele ich manchmal mit Papa Fußball.

Am Wochenende treffe ich mich mit meinen Freundinnen.

1 **Schau dir nur die Bilder an. Warum könnte die Schnecke einen Helm tragen? Lies die Geschichte.**

Susi, die Schnecke

Wenn es im Fernsehen Autorennen gab, war die Schnecke Susi nicht zu halten. Sie liebte vor allem Formel 1.

„Ich möchte auch so schnell sein“, dachte Susi eines Tages. „Ich kaufe mir einen Helm.“

„Meine Freunde werden Augen machen“, dachte Susi. Zuerst besuchte sie das Reh. „Ich bin auch so schnell wie du“, sagte sie voll Stolz.

„Du spinnst“, lachte das Reh. „Laufen wir doch um die Wette.“ Das Reh war tausendmal schneller als Susi. „Wie gibt es das?“, dachte Susi.

„Hohohoho, wie siehst du denn aus?“, hörte sie die Bachstelze spotten. Die Bachstelze hielt sich den Bauch vor Lachen.

„Ich bin eine Rennschnecke“, sagte Susi stolz. „Es ist aber noch nicht Fasching“, rief die Bachstelze, und flog weg.

Als auch die Katze laut lachte, hatte Susi genug.

Sie kroch zum Teich. Da sah sie ihr Spiegelbild im Wasser. „Besonders schlau sehe ich wirklich nicht aus“, stellte sie fest.

Susi versteckte den Helm hinter einem Busch. „Wozu soll ich schneller sein als ich bin?“, dachte sie. „Schließlich bin ich eine Schnecke, und kein Rennauto!“

Engelbert Gressl

Wie wichtig ist es dir, im Spiel erste(r) zu werden?
Wie geht es dir, wenn du verlierst?
Wie reagierst du dann?

2 **Lies schnell.**

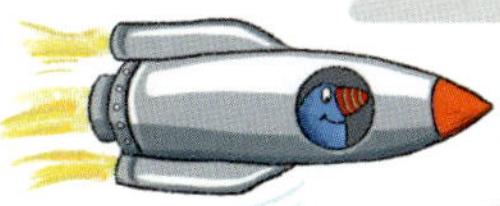

Bachstelze trifft Rennschnecke.
▶ Im lustigen Fasching laut lachen.
▶ Susi sieht ihr schlaues Spiegelbild.
▶ Schnelle Schnecken verstecken sich im Busch.

3 **Lies die Sätze.**
Ersetze dann die farbigen Wörter und schreib ins Heft.

Ich möchte so schnell sein wie ein Flugzeug.
Ich möchte so stark sein wie ein Löwe.
Ich möchte so gescheit sein wie meine Oma.
Das wäre toll.

1 Schau ganz kurz auf die Geschichte. Was trug Rotkäppchen am Donnerstag? Was trug es am Sonntag? Lies dann die Geschichte.

Rotkäppchen

Wer den bösen Wolf kennt, weiß, dass er nicht nur böse ist, sondern auch ein bisschen dumm. Seit vielen Tagen lauerte er nun schon hinter einem Baum vor Rotkäppchens Haus. Aber keine Spur von Rotkäppchen.

Am Montag war ein Mädchen mit blauer Kappe aus dem Haus gekommen. Am Dienstag ein Mädchen mit gelber Kappe. Am Mittwoch ein Mädchen mit grüner Kappe. Am Donnerstag ein Mädchen mit weißer Kappe. Am Freitag ein Mädchen mit brauner und am Samstag mit blassblauer Kappe.

Am Sonntag trug Rotkäppchen einen schwarzen Hut. Langsam wurde der Wolf ungeduldig. „Psst“, rief er, „weißt du, wo Rotkäppchen ist?“ „Nein, keine Ahnung“, sagte das Mädchen und ging weiter.

Der dumme Wolf wusste nicht, dass es das rote Käppchen nicht mehr gab. Rotkäppchens Kater Bärli hatte es vor einer Woche zerfetzt.

Dem bösen Wolf wurde es zu dumm. Er kehrte in den Wald zurück.

Engelbert Gressl

Kennst du das Märchen von Rotkäppchen?
Was ist in diesem Märchen anders?
Welche Märchen kennst du noch?

1 **Schau das Bild an. Was passiert?**
Lies das Gedicht möglichst ausdrucksvoll vor.

Geistergeschichte

Gib mir bitte deine Hand,
ich sehe Schatten an der Wand.

Geister geistern durch die Zimmer.
Hilf mir, es wird immer schlimmer.

Ich glaub, du bist nicht ganz gesund!
Zum Fürchten gibt es keinen Grund.

Geister sind hier nicht im Haus.
Da war nur eine Fledermaus.

Engelbert Gressl

2 **Finde die Wortgrenzen. Ziehe jeweils einen Strich.**

G i b | m i r | b i t t e | d e i n e H a n d.

G e i s t e r g e i s t e r n d u r c h d i e Z i m m e r.

Z u m F ü r c h t e n g i b t e s k e i n e n G r u n d.

D a w a r n u r e i n e F l e d e r m a u s.

9. Pp Cc ß tz St st Sp sp

1 **Kennst du das Märchen von den sieben Geißlein? Erzähle es. Lies dann die Geschichte.**

Die sieben Geißlein

„Ich gehe einkaufen“, sagte die Geißenmutter. „Macht niemandem die Türe auf!“ „Wir sind doch nicht dumm“, sagten die Geißlein.

Die Geißenmutter fuhr in ihrem Cabrio zum Supermarkt. Der böse Wolf sah das und schlich zum Haus.

„Ich bin es, Kinder, eure Mutter. Macht mir auf“, flehte er. Die Geißlein machten aber nicht auf.

Der Wolf ärgerte sich. Dann hatte er eine Idee. „Wenn ich Kreide fresse“, dachte er, „wird meine Stimme ganz hoch. Die Geißlein werden nicht merken, wer ich bin.“ Gesagt, getan. Er stieg durch das Kellerfenster in die Volksschule und fraß alle Kreideschachteln leer.

Wenig später hörten die Geißlein ein lautes Heulen. „Ist das wieder ein Trick?“, fragte das kleinste Geißlein, „oder ist da wirklich wer in Not?“

Die Geißlein gingen vor das Haus. Da lag der Wolf. Er heulte laut. Es war aber kein Trick.

Er hatte arge Bauchschmerzen. „Ich hab zu viel Kreide gefressen“, sagte er winselnd.

Die sieben Geißlein brachten dem Wolf eine große Kanne Kräutertee. Der Wolf war ihnen wirklich dankbar.

Seit damals sind der Wolf und die sieben Geißlein Freunde. Vielleicht auch deshalb, weil es in der Schule zwei Wochen lang keine Kreide gab.

Spielt die Szene nach: Die Geißenmutter beim Einkaufen.

Spielt dann eine echte Einkaufsszene nach.

Warst du schon einmal alleine einkaufen? Wie ist es dir dabei ergangen?

2 Was stimmt? Kreuze an.

Die Geißenmutter fuhr
- ◯ in die Volksschule.
- ◯ zum Supermarkt.
- ◯ durch das Kellerfenster.

Der Wolf fraß
- ◯ alle Kreiden.
- ◯ die sieben Geißlein.
- ◯ die Kanne Kräutertee.

3 Ein Wort pro Zeile ist anders. Kreise ein.

Geißenmutter	Geißenmutter	Geißenfutter	Geißenmutter	Geißenmutter	
Kellerfenster	Kellerfenster	Kellerfenster	Kellerfenster	Kellerfeste	
Kräutertee	Kräutertee	Kräutertee	Kräutertee	Kräuterfee	Kräutertee

10. Ch Jj Qu qu Yy Xx chs v (als w)

1 Nenne die Wörter. Hör zu und zeichne den Weg nach.

33

Wörter: 1: Rose, Zebra, Dose, Biene, Lama, Tasche, Bus, Auto, Käse, Ameise, Bett, Masche, Hexe, Heft, Dino, Tiger, Baum, Schultasche
Material: 1: Audio 33

1 Nenne die Wörter. Was klingt am Anfang gleich? Verbinde.

2 Nummeriere.

Das neunte Lesegeheimnis

9

Wörter: 1: Qualle, Jacke, Xylofon, Joghurt, X, Quadrat, Quiz, Jäger
Material: 2: Video 9

Lernsoftware L LI LILO

10. Ch Jj Qu qu Yy Xx chs v (als w)

1 **Hilf dem Hund, den richtigen Weg zu finden. Verbinde die Silben zu Wörtern.**

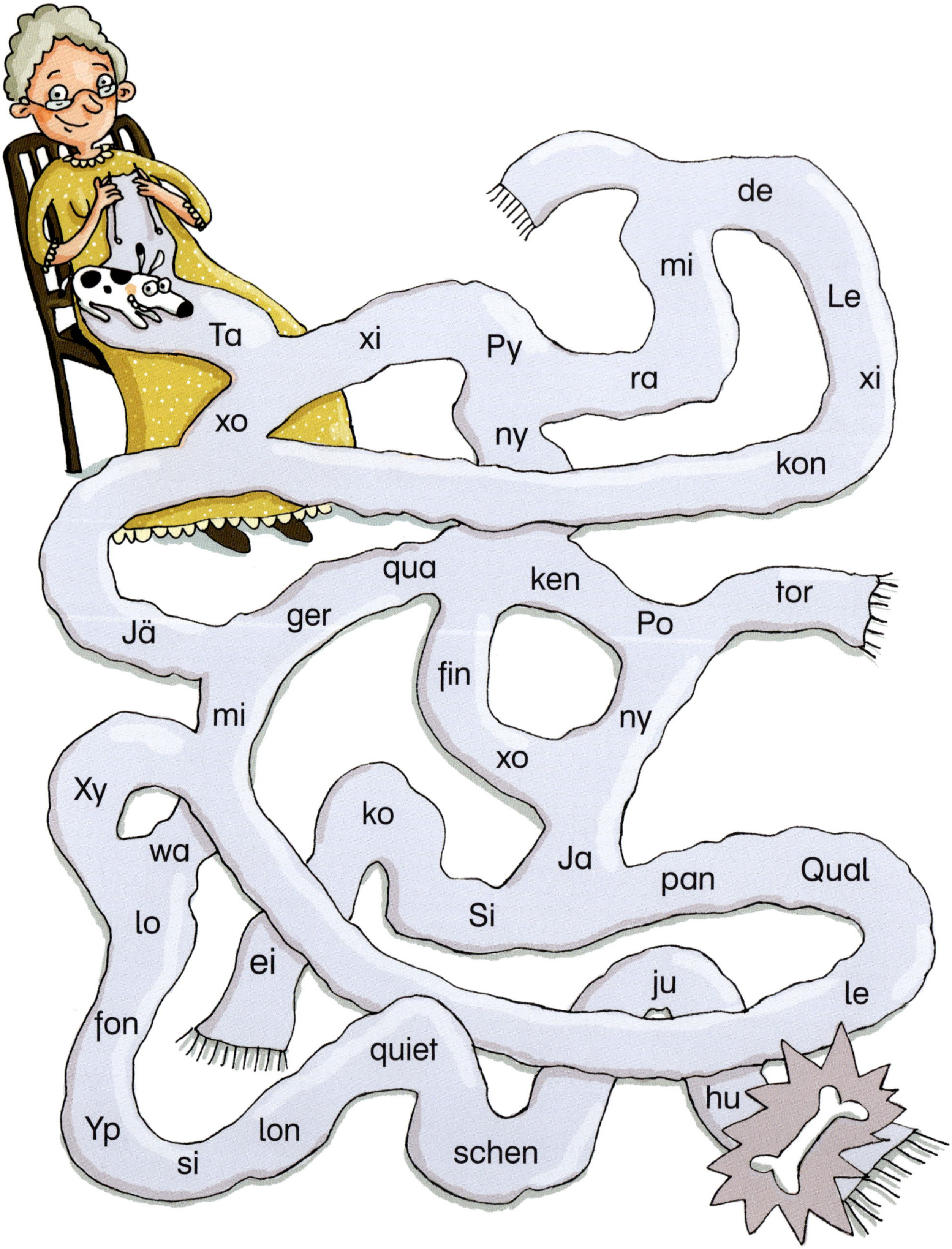

1 Lies und verbinde.

- Jänner
- Jäger
- Japan

- Pony
- Pyramide
- Pyjama

- Post
- Pony
- Popo

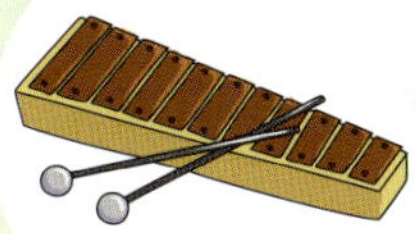

- Xylofon
- Telefon
- Xandi

- Zylinder
- Zügel
- Zypresse

- Telefon
- Teddybär
- Teppich

- boxen
- borgen
- bequem

- Qualle
- Quelle
- Quatsch

- Quatsch
- Quelle
- Qualle

- Hemd
- Hexe
- Herz

10. Ch Jj Qu qu Yy Xx chs v (als w)

1 **Hör zu. Lies und sing mit.**

34–35

Das Lied zum Lesefest

Ja, je, ju.
Juchu, juchu, juchu!
Qui, qua, quo.
Ich hab's, ich bin so froh!

Ich kann lesen, ich kann lesen.
Qui, qua, quo.
Ich kann lesen, wirklich lesen.
Xi, xa, xo!

Ja, je, ju.
Juchu, juchu, juchu!
Qui, qua, quo.
Ich hab's, ich bin so froh!

Material: 1: Audios 34, 35

Lernsoftware L LI LILO

1 Lies das Gedicht. Wer kann es besonders ausdrucksvoll lesen?

Der Dachs

Der Dachs
schreibt hier bei Kerzenlicht
für seine Dächsin
ein Gedicht.

Der Dachs hat Streifen im Gesicht.
Den argen Winter mag er nicht.
Im März schaut er aus seinem Loch
und grunzt: „Jetzt kommt der Frühling doch!"

Paul Maar

Weißt du, wie ein Dachs aussieht?
Beschreibe ihn genauer.
Wo leben Dachse? Was weißt du noch über sie?

2 Zwei Wörter pro Zeile sind anders. Kreise ein.

Streifen	Streifen	Streifen	streiten	Streifen	steifen	Streifen	Streifen
Gedicht	Gedicht	Gesicht	Gedicht	Gedicht	Gericht	Gedicht	Gedicht
grunzt	grunzt	grunzt	grenzt	grunzt	grunzt	grunzt	grinst	grunzt
Dachs	Dachs	Dachs	Docht	Dachs	Dachs	Dach	Dachs	Dachs

3 Was stimmt? Kreuze an.

Der Dachs schreibt
- ◯ bei Tageslicht.
- ◯ bei Kerzenlicht.

Der Dachs wohnt
- ◯ im Erdloch.
- ◯ im Ofenloch.

10. Ch Jj Qu qu Yy Xx chs v (als w)

1 **Hör zu. Warum heißt das Gedicht wohl so? Lies das Gedicht.**

36

Jammergedicht

Mein Saxofon, das klang nicht mehr,
also schenkte ich es her.
Ich gab es Xandi, meinem Hund,
der setzte es sich an den Mund,
und spielt jetzt wunderschöne Lieder,
im Garten unterm Sommerflieder.

Auch mein Klavier vermisse ich,
und das ist ziemlich ärgerlich.
Dabei war die Idee ja schlau.
Ich liebe nämlich rot und blau.
So malte ich die Tasten an.
Schad', dass man nicht mehr spielen kann.

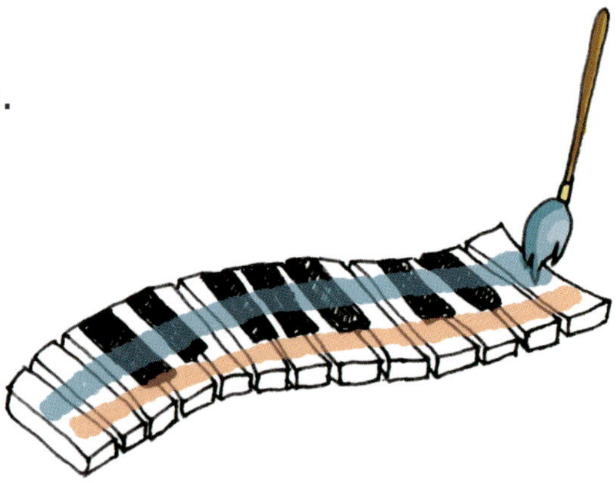

Der Goldfisch im Aquarium,
gefiel mir nicht mehr – das war dumm.
Ich brachte ihn zu einer Stelle
im Wald, da gibt's ne kleine Quelle.
Er machte sich's sofort bequem,
jetzt ist er weg – unangenehm!

Material: 1: Audio 36

Mein Vater schenkte mir ein Krokodil,
das sah so aus, als käm's vom Nil.
Dabei war's nur aus Plastilin!
Im Sommer, als die Sonne schien,
war's klar – das Plastilin zerschmolz.
Jetzt hätte ich lieber eins aus Holz.

Ich weiß, das Jammern hilft nicht viel,
ich hab' nunmehr kein Krokodil.
Statt Goldfisch und statt Saxofon
nur einen leeren Schuhkarton.
Was ich noch hab', ist bloß mein Teddy,
aus den USA, von Onkel Eddy.

2 **Welche Strophe gefällt dir besonders gut?**
Lies sie ausdrucksvoll vor.

3 **Lies die Sätze.**
Ersetze dann die farbigen Wörter und schreib ins Heft.

Mein Feuerwehrauto vermisse ich,
und das ist ziemlich ärgerlich!

Wundervoll, so wundervoll,
mein Klavier, das klingt so toll!

1 **Lies die Geschichte.**

Der nächste Schulausflug

Heute ist Oliver gut gelaunt. Gleich in der ersten Stunde stellt die Lehrerin die Sessel der Kinder in einem Kreis auf. Oliver mag es sehr, wenn die Klasse im Kreis sitzt. Da fühlt er sich richtig wohl! Frau Leupold, so heißt die Lehrerin, hat drei Vorschläge mitgebracht, wohin der Ausflug nächste Woche führen könnte: zu einem Waldteich, in ein Museum oder zu einem Park mit Dinosauriern. Die Klasse ist sehr aufgeregt.

Ich möchte ins Museum. Dort kann man sehen, wie die Menschen früher gelebt haben!

Ach, das ist langweilig – ich möchte zum Dinopark!

Dinosaurier gibt's doch gar nicht!

Ich würde gern den Teich besuchen. Vielleicht sehen wir dort ein paar Kröten oder sogar eine Ringelnatter.

Was? Eine Schlange? Da geh ich nicht hin!

Seid still! Ich kann gar nichts hören!

Sei du doch selbst still!

Frau Leupold hört eine Zeit lang lächelnd zu. Doch bald schon kann man fast gar nichts mehr verstehen. Da hebt die Lehrerin die Hand. Sie schaut die Kinder ruhig an. Plötzlich wird es ganz still.

„Wenn ihr alle durcheinanderredet, kann ich euch nicht verstehen!“, meint die Lehrerin. Dann nimmt sie einen Stoffball, wirft ihn Mara zu und bittet diese, zu sagen, wo sie gern hingehen würde und warum. Mara denkt kurz nach. „Ich würde sehr gerne zum Teich gehen!“, meint sie. „Da kann man schöne Blumen sehen und sogar Tiere, wenn man nicht zu laut ist!“

Ein Kind nach dem anderen kommt nun an die Reihe. Auch Oliver bekommt den Stoffball. Er sagt, dass er sehr gern zum Dinosaurierpark gehen möchte. Dinosaurier haben ihn ja immer schon interessiert. Als alle Kinder gesprochen haben, seufzt Frau Leupold: „Das war jetzt viel besser. Aber wir können nur ein Ziel besuchen. Habt ihr eine Idee, wie wir zu einer guten Entscheidung kommen können?“

Welches der Ziele würde dich am meisten interessieren? Warum?

Hast du eine Idee, wie Frau Leupold und die Klasse zu einer guten Entscheidung kommen können?

11.

1 **Hör zu. Lies und sing mit.**

ABC-Rap

38–39

Hallo Leute, alles klar?
Ja! – Wie wunderbar!
Hört mir alle mal gut zu.
Das ABC, das sitzt im Nu!

A, B, C, D, E, F, G,
H, I, J, K, L, M, N,
O, P, Q, R, S, T,
U, V, W, X, Y, Z.

Hallo, ihr da, war das schwer?
Nein! – Ja, bitte sehr.
Darum nochmal, klatscht gleich mit:
Das ABC, das ist ein Hit.

Material: 1: Audios 38, 39

1 Lies das Gedicht. Was sagst du statt „Pitschü“?

Der Schnupfen

Ein Schnupfen hockt auf der Terrasse,
auf dass er sich ein Opfer fasse

– und stürzt alsbald mit großem Grimm
auf einen Menschen namens Schrimm.

Paul Schrimm erwidert prompt: „Pitschü!“
und hat ihn drauf bis Montagfrüh.

Christian Morgenstern

2 Lies kreuz und quer.

Schnupfen
Opfer
Terrasse
Montagfrüh
Menschen

1 **Schau ganz kurz auf den Text. Was ist mit Nicole los?**

Nicole ist nicht da

Irgendetwas stimmt heute nicht. Nicole ist noch nicht da. Dabei ist sie sonst immer eine der Ersten in der Klasse. Ines schaut zur Tür. Ein Kind nach dem anderen kommt. Aber keine Nicole.

Dann kommt die Frau Lehrerin in die Klasse und sagt, dass Nicoles Mutter angerufen hat. Nicole ist krank. Sie hat Fieber und Bauchschmerzen.

Ines möchte am liebsten losheulen. „Jetzt hab ich niemanden, mit dem ich tratschen kann!“, denkt sie. Die Frau Lehrerin merkt natürlich gleich, dass Ines ziemlich traurig ist. „Schreiben wir doch Briefe an Nicole“, schlägt sie vor. „Dann freut sie sich und wird schnell wieder gesund.“ Ines ist besonders eifrig. Schließlich ist Nicole ihre beste Freundin.

Die Kinder machen für Nicole auch Zeichnungen. Ines malt einen lustigen Clown, Galib zeichnet Nicole beim Fiebermessen, Iris malt eine Katze.

„Ich hab eine Idee!“, ruft Galib plötzlich. „Nicole ist sicher langweilig. Schreiben wir einfach keinen Namen auf die Bilder und die Briefe. Dann kann sie raten, wer ihr was geschickt hat. Raten ist ein guter Zeitvertreib!“

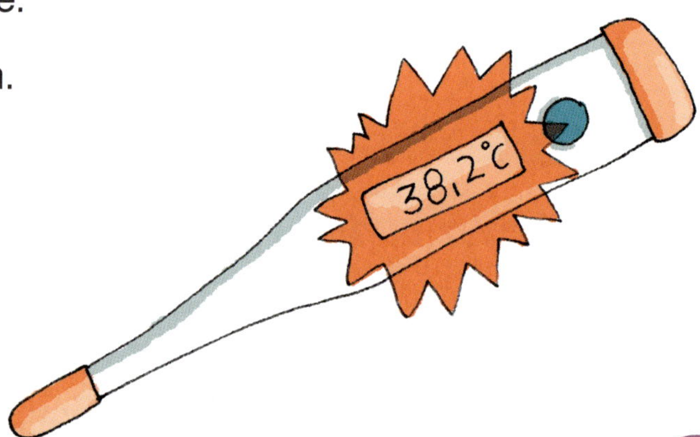

?

Kannst du herausfinden, wer welchen Brief geschrieben hat?

Lies dir noch einmal die Geschichte durch.

2 Was stimmt? Kreuze an.

- Nicole kommt als Erste in die Klasse. ○
- Die Lehrerin hat Kopfschmerzen. ○
- Nicole hat Fieber. ○
- Die Kinder basteln etwas für Nicole. ○
- Ines malt einen lustigen Clown. ○
- Galib bekommt Bauchschmerzen. ○

3 Wer hat welchen Brief geschrieben?

Liebe Nicole!
Das ist Schnurrli. Ich hab ihn zum Geburtstag bekommen. Er mag es gern, wenn ich sein Fell kraule.
Bis bald! …

Hallo Nicole!
Als ich noch klein war und krank wurde, hab ich mich immer vor dem Fiebermessen gefürchtet. Wenn ich daran denke, muss ich immer lachen.
Weißt du, wer ich bin?
Es ist ganz einfach. Ich heiße …

4 Schreib selbst einen Brief. Zeichne etwas dazu.

1 Lies die Geschichte.

Neue Freunde

Ruben ist neu in seiner Klasse. Er hat noch keine Freunde. Deswegen ist er oft traurig.

Ruben malt gerne. Also malt er sich einen Freund: einen Jungen mit einem lustigen Lachen im Gesicht und einem Ball in der Hand. Ruben hängt das Bild von seinem neuen Freund an die Wand über seinem Bett. Am nächsten Tag malt Ruben wieder. Diesmal malt er ein Mädchen mit roten Zöpfen, einer Brille und einer bunten Schultasche auf dem Rücken. Dann hängt er auch dieses Bild an die Wand über seinem Bett. Jetzt fühlt er sich nicht mehr ganz so allein.

In der Schule ist Ruben immer freundlich, lustig, ehrlich und hilfsbereit. Eines Tages sagt Elisa zu ihm: „Du bist nett, Ruben. Wohnst du nicht auch in meiner Straße? Gehen wir nach der Schule gemeinsam nach Hause?“ Und Tobias fragt: „Und spielst du am Nachmittag mit uns Fußball?“ Ruben strahlt.

Einen Monat später hängen neue Bilder an Rubens Wand: eines von Elisa und eines von Tobias. Freunde finden ist einfach, wenn man selbst freundlich ist!

Astrid Ulm

1 Hör zu. Lies die Texte und schreib ins Heft. Wann sind Freundinnen und Freunde für dich wichtig?

40–41

Das bin ich!

Ich habe viele Freundinnen. Ich habe auch zwei Buben als Freunde. Die sind alle aus meiner Klasse. Am liebsten spiele ich mit ihnen nach der Schule im Schulhof.

Christiane

Ich bin erst seit zwei Monaten in meiner neuen Klasse. In meiner alten Klasse hatte ich viele Freunde. In meiner neuen Klasse habe ich bis jetzt nur einen Freund. Er heißt Svjetlan und sitzt neben mir. Svjetlan kommt aus Bosnien. Er kann noch nicht sehr gut Deutsch. Am Nachmittag spielen wir manchmal Fußball. Svjetlan ist ein toller Fußballer.

Thomas

Schreib, warum Freundinnen und Freunde für dich wichtig sind.

Soll ein Mädchen auch Freunde haben oder nur Freundinnen?

Sollen Buben auch Freundinnen haben oder nur Freunde?

Material: 1: Audios 40, 41

1 Lies die Geschichte.

Mila träumt

Mila hat Fantasie. Sehr viel Fantasie. Und sie kann besonders gut tagträumen. Jetzt stellt sich Mila gerade vor, dass sie auf einem Baum sitzt. Neben ihr sitzt ihr Elefant Bodo. Er trinkt Kakao.

Unten auf der Wiese reitet Milas Lehrerin Frau Kropf auf einem Riesenhamster. Sie ruft immer: „Mila, du musst ordentlicher schreiben! Mila, hast du mich verstanden? Mila, du musst besser aufpassen!“ Aber Mila hört gar nichts. Denn sie hat zwei riesengroße Pizzas auf ihren Ohren – eine links und eine rechts.

Mila liebt ihren Baum. Da oben kann man so gut träumen. Nun kommt Milas kleiner Hase angeflogen. Er kann mit seinen langen Ohren fliegen wie ein Hubschrauber. Er klopft mit seinen Pfoten gegen den Baum. Das ist Milas Zeichen. Ruckzuck sitzt sie wieder brav in ihrer Klasse. Frau Kropf soll ja schließlich mit ihr zufrieden sein!

Astrid Ulm

? ...

Bist du auch ein Tagträumer oder eine Tagträumerin?

Wann kannst du am besten tagträumen?

Kannst du besser tagträumen, wenn du Musik hörst oder wenn es ganz ruhig ist?

1 **Lies die Texte. Beschreibe einen eigenen Tagtraum. Zeichne etwas dazu.**

Das bin ich!

Manchmal stelle ich mir vor, dass ich ein Vogel bin. Dann flieg ich bis zu den Wolken hoch und schau mir die Welt von oben an. Alles sieht dann so klein aus.

Tanja

Manchmal stelle ich mir vor, dass ich viel, viel größer bin als alle anderen. Wenn die anderen mit mir reden wollen, müssen sie ganz laut schreien. Oder sie müssen sich eine Stehleiter nehmen, damit sie mit mir reden können.

Jakim

Manchmal stelle ich mir vor, dass ich die Königin auf einem fremden Planeten bin. Dann baue ich mir meine Welt so wie ich sie gern hätte. In dieser Welt leben alle Menschen friedlich miteinander. Es gibt keinen Streit. Alle Menschen kümmern sich auch ganz lieb um die Tiere und Pflanzen. Und ich fühl mich richtig gut!

Marion

11.

1 **Schau kurz auf den Text. Wer ist Abraxas?**

Die kleine Hexe

Etwa sechs Stunden am Tag verbrachte die kleine Hexe damit, sich im Hexen zu üben. Das Hexen ist keine einfache Sache. Wer es im Hexen zu etwas bringen will, darf nicht faul sein. Seite für Seite muss er das Hexenbuch durchstudieren.

Die kleine Hexe war erst auf Seite zweihundertdreizehn des Hexenbuches. Sie übte gerade das Regenmachen. Der Rabe Abraxas saß neben ihr und war unzufrieden.

„Du sollst einen Regen machen“, krächzte er vorwurfsvoll, „und was hext du? Beim ersten Mal lässt du es weiße Mäuse regnen, beim zweiten Mal Frösche, beim dritten Mal Tannenzapfen! Ich bin ja gespannt, ob du wenigstens jetzt einen richtigen Regen zustande bringst!“

Da versuchte die kleine Hexe zum vierten Mal, einen Regen zu machen. Sie ließ eine Wolke am Himmel aufsteigen, winkte sie näher und rief, als die Wolke genau über ihnen stand: „Regne!“ Die Wolke riss auf und es regnete – Buttermilch.

Otfried Preußler

Was würdest du gerne her- oder wegzaubern?

2 **Finde die Wortgrenzen. Ziehe jeweils einen Strich.**

Das|Hexen|istkeineeinfacheSache.

SieübtegeradedasRegenmachen.

DerRabeAbraxassaßnebenihrundwarunzufrieden.

1 **Glaubst du, dass es blau-weiß gestreifte Tulpen gibt? Lies den Text.**

So wirst du zum Zauberlehrling:

Es ist ganz einfach, weiße Tulpen
in blau gestreifte zu verwandeln.
Was du dazu brauchst, ist eine weiße Tulpe
(am besten eine Knospe oder eine junge Blüte),
blaue Tinte, ein Glas und Wasser.
Schneide etwa zwei Zentimeter
vom Tulpenstängel ab und schneide
den Stängel dann einige Zentimeter tief ein.
Nimm das Glas, gib Tinte und Wasser hinein
und stelle die Tulpe in das Glas.
Wenn du einige Stunden wartest, wirst du merken,
dass die Tulpe blau gestreift ist!

Nach Sven Nordqvist

? … Verwandelt selbst eine weiße Tulpe in eine färbige. Gelingt euch das?

2 **Lies, was Lukas auf dem Computer geschrieben hat.**

Wenn ich zaubern könnte, würde ich mich in einen Dinosaurier verwandeln. Das möchte ich deswegen, weil ich ein tolles Buch über Dinosaurier habe und Dinosaurier meine liebsten Tiere sind. Wenn ich dann ein Dinosaurier bin, können alle meine Freunde auf mir in die Schule reiten. Wenn die anderen Schule haben, muss ich unten im Schulhof warten, bis die Schule aus ist.

Lukas

11.

1 Lies die Geschichte.

Martas Unordnung

Martas Mama muss oft mit Marta schimpfen: „Marta, was machen deine verschwitzten Socken unter deinem Kopfpolster?“ „Marta, warum liegen gebrauchte Taschentücher am Boden?“ „Marta, warum liegt diese leere Kekspackung unter deinem Bett?“ „Marta, warum ist dein Schreibtisch voll mit klebrigen Saftflecken?“ So viele Fragen hat Martas Mama immer. Und Marta hat nie eine Antwort.

Heute ist Freitag. Mama steht in Martas Zimmer. Sie sagt kein Wort. Sie schaut nur. Auf dem Boden liegt nichts herum. Das Bett ist gemacht. Der Schreibtisch ist sauber. Marta fragt: „Mama, darf ich heute Leo einladen?“ Mama lacht: „Das kannst du gern öfter tun!“

Astrid Ulm

2 Lies die Sätze.
Tausch dann die farbigen Wörter und schreib ins Heft.

Meine Mama sagt oft: „Räum bitte auf!“

Meine Mama sagt oft: „Deck bitte den Tisch.“

Meine Mama sagt oft: „Fütter bitte die Katze.“

Ich hab ganz schön viel zu tun!

1 Lies die Geschichte.

Lieblingsplätze

Patrizia spielt oft an einem Bach am Waldrand. Im Wald sammelt sie Rindenstücke. Das sind ihre Schiffe. Die setzt sie ins Wasser und sieht zu, wie sie davonschwimmen. Patrizia hat ein Spiel erfunden: Sie läuft den Schiffen nach, um sie zu retten. Meist schafft sie das, aber manchmal kommt sie zu spät. Sie darf nämlich erst dann loslaufen, wenn sie vom Schiff nichts mehr sehen kann. Wenn sie müde ist, legt sich Patrizia ins Gras und hört dem Wasser beim Glucksen zu.

Marvins liebster Platz ist unter der Stiege im Vorhaus. Immer, wenn er dorthin geht, nimmt er den kleinen Löwen mit, den er von Onkel Walter geschenkt bekommen hat. Außerdem seinen Tropenhelm, den Feldstecher*, seinen MP3-Player, auf dem er viele Tierstimmen gespeichert hat. Marvin stellt sich vor, dass er auf Safari in einem afrikanischen Nationalpark ist. Er sieht Elefanten, Zebras, Gazellen und Antilopen. Marvin verhält sich ganz still, damit er die Tiere nicht erschreckt. Manchmal wird es furchtbar gefährlich. Aber Marvin hat einen treuen Freund, der ihm immer zu Hilfe kommt: seinen Löwen.

* Fernglas

Was denkst du über die Geschichte?
Wo ist dein Lieblingsplatz?
Wie sieht er aus? Zeichne ihn.

11.

1 Lies die Geschichte.

Der Glückspilz

David und Elian gehen in dieselbe Klasse. Für David ist Elian der größte Glückspilz der Welt. Elian hat nämlich seinen eigenen Fernseher im Zimmer. Dort darf er fernsehen, so lange er möchte. Elian hat auch einen eigenen Computer mit ganz vielen Computerspielen. Und ein eigenes Handy hat er auch. Damit sitzt er oft stundenlang in seinem Zimmer und spielt.

David darf das alles nicht. Er hat nicht einmal einen eigenen Fernseher. David findet, dass seine Eltern zu streng sind. Heute hat David Elian zu sich nach Hause eingeladen. Davids Mama hat ein köstliches Essen gekocht. Dann fährt sie mit David und Elian ins Freibad.

Am Abend grillt Davids Papa zu Hause noch Würstchen für alle. Elian strahlt und sagt: „Du bist ein richtiger Glückspilz, David! Du musst nicht immer allein in deinem Zimmer sitzen und dich selbst beschäftigen. Meine Eltern schenken mir Geräte, deine Eltern schenken dir Zeit.“ David freut sich. Seine Eltern sind wohl doch ganz in Ordnung.

Astrid Ulm

Ab wann ist es wohl sinnvoll, ein eigenes Handy zu besitzen?
Hast du schon ein Handy?
Wie oft und wie lange darfst du fernsehen?

2 Schreib eine Liste: Welche Bücher kennst du?

1 **Schau kurz auf den Text. Wie viele Personen kommen vor? Wie heißen sie? Lies dann die Geschichte.**

Fernsehen

Knispel ist von Anja zum Geburtstag eingeladen worden. Sie freut sich sehr und kauft mit Frau Sandner ein Geschenk. Dazu malt sie ein Bild. Sie zieht sich fein an und geht erwartungsvoll mit ihrem Päckchen ins Nachbarhaus. Ihr Bruder Jan beneidet sie ein bisschen.

Nach vier Stunden kommt eine blasse, müde, missmutige Knispel zurück.
„Na, war es schön?“, fragt Jan.
„Naja, es geht“, sagt Knispel.
„Waren viele Kinder da?“, will Jan wissen.
„Ich glaube sechs“, antwortet Knispel.
„Wieso glaubst du das nur? Du kannst doch zählen!“, meint Jan.
„Ja, aber es war so dunkel“, erwidert Knispel.
„Das finde ich aber komisch. Habt ihr im Dunkeln gespielt?“, erkundigt sich Jan hartnäckig.
Da schreit Knispel plötzlich los:
„Wir haben gar nicht gespielt!“
„Ja, aber was habt ihr dann so lange gemacht?“
„Ferngesehen – die ganze Zeit!“

Nach Eva Simon

?

War es eine gute Idee, dass die Kinder die ganze Zeit vor dem Fernseher gesessen sind?
Was hätten sie sonst alles machen können?

11.

1 **Lies die drei Gedichte. Welches gefällt dir am besten? Warum?**

Drei lustige Gedichte

Diese drei Gedichte stammen aus einem Buch von Heinz Janisch. Es heißt „Ich schenk dir einen Ton aus meinem Saxofon“.

Die Reise

Mit seinem grünen Jaguar
wollte ein Frosch nach Afrika.
Doch mitten in Froschau
stand eine wundergrüne Frau.
Die wollte nach Berlin.

Da fuhr er dann auch hin.

Wenn es schneit

Wenn es schneit,
hat das ganze Land
Wintersprossen.

Versteckspiel

Im WORT
steckt
der ORT
in der GIRAFFE
der AFFE
im TRAUM
der RAUM
im BRAUCH
der RAUCH
im STRAND
der RAND
in der BRILLE
die RILLE
in der HECKE
die ECKE
in der FLIEGE
die LIEGE
im SCHOTTER
der OTTER
im KELCH
der ELCH
im REIS
das EIS
in den KLIPPEN
die LIPPEN

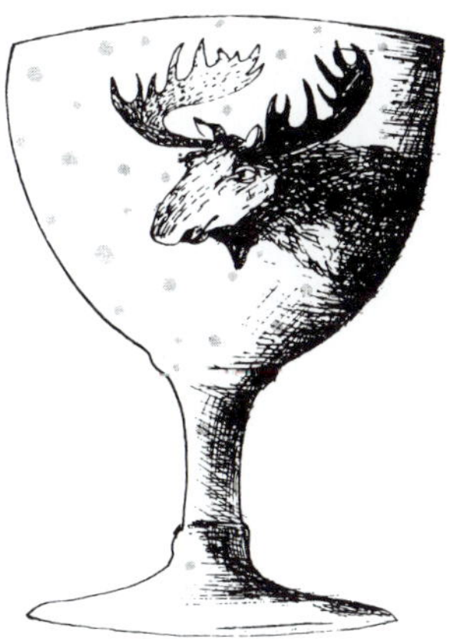

in der HERDE
die ERDE
im STREIFEN
der REIFEN
in der TASCHE
die ASCHE
im BROT
das ROT
in der PERLE
die ERLE
in den GLOCKEN
die LOCKEN
im SCHWEIN
der WEIN
in der SPRACHE
die RACHE
in der ZEHE
die EHE
im NAMEN
ein AMEN
im REISEN
das EISEN
im KNIE
ein NIE
im HAUS
steckt AUS.

?

…

Welche Wörter sind hier versteckt:
STAUB, MAUS, SPRINGEN, KLEBEN, GRUND, ZECKE.

Kannst du weitere Wörter finden,
in denen andere Wörter versteckt sind?

1 **Was fällt dir zu den Zeichnungen ein? Lies die Geschichte.**

Florians Lieblingsbuch

Das Buch, das Florian immer wieder gerne liest, weil es so lustig ist, heißt „Frau Meier, die Amsel“.

Das Buch beginnt so:

Frau Meier machte sich Sorgen.

Gerade noch sorgte sie sich um einen Knopf an ihrem Wintermantel, der abzufallen drohte. Später war es dann vielleicht einer ihrer Kuchen. Ob sie etwa doch zu wenig Rosinen genommen hatte?

Manchmal sorgte sie sich auch um die Flugzeuge, die hin und wieder über ihren Garten flogen, ob nicht eines von ihnen abstürzen könnte und ob dann womöglich das Radieschenbeet verwüstet wäre, und ob sie schließlich genügend Platz im Hause hätten für all die erschrockenen Passagiere. Gelegentlich zählte Frau Meier deshalb ihren Vorrat an Mullbinden und Heftpflastern.

Herr Meier war durchaus unbesorgt. Wenn er morgens aufwachte, blickte er als erstes in Frau Meiers besorgtes Gesicht.

Dann sagte er oft: „Worüber sorgst du dich? Die Sonne scheint, gleich schneit es vielleicht, wir können es nicht ändern.“

„Ja“, sagte Frau Meier, „ich weiß.“

Ja, so war sie, die Frau Meier.
Sie sorgte sich von früh bis spät.
Wenn Frau Meier die Sonne sah, sorgte sie sich,
ob sie wohl am nächsten Tag auch noch scheinen würde.

Stell dir vor, dass du Frau Meier gut kennst.
Kannst du weitere Dinge erfinden, um die sie sich Sorgen machen könnte?

Beginn so:

- Wenn Frau Meier einkaufen geht, sorgt sie sich, ob ...
- Wenn sie Gemüsesuppe kocht, sorgt sie sich ...
- Wenn sie auf der Straße einen Polizisten sieht, sorgt sie sich ...
- Wenn sie am Himmel einen Vogel sieht ...
- Wenn sie über eine Brücke geht ...

Aber zurück zum Buch. Weißt du, was als nächstes geschah?

Frau Meier war gerade im Garten,
als sie plötzlich eine kleine Amsel sah.
Frau Meier trug sie vorsichtig ins Haus und begann,
sie mit Fliegen, Raupen und Mücken zu füttern,
denn die Amsel war ganz schwach.
Bald wurde die Amsel größer,
und Frau Meier gab ihr auch einen Namen.
Sie nannte sie Piepchen.

Bald ergab sich ein großes Problem.
Frau Meier machte sich Sorgen,
dass die Amsel vielleicht nicht fliegen lernen würde.
Sie trug den Vogel in den Garten,
aber er wollte und wollte einfach nicht fliegen.
„Man muss es Piepchen zeigen“, dachte sich Frau Meier.
Mit großer Mühe kletterte sie auf den alten Kirschbaum.

Sie seufzte tief, hob ihre Arme wieder und – ja, ihr werdet es hoffentlich glauben – dann rutschte sie vom Ast herunter. Und flog! Nicht hoch hinauf in die Lüfte, aber so ein bisschen in der Mitte zwischen Ast und Erdboden. Die kleine Amsel war plötzlich ganz aufgeregt und hüpfte mit aufgeplusterten Federn hin und her. Nach einer kleinen, etwas wackligen Runde landete Frau Meier, noch nicht sehr elegant, aber genau neben Piepchen auf dem Ast. „Es ist ganz leicht!“, sagte sie zu der kleinen Amsel, beinahe ungläubig, denn sie war selbst noch völlig überwältigt davon, wie leicht es gewesen war. Nachdem sie ein wenig verschnauft hatte, schaute sie Piepchen lächelnd an: „Komm, jetzt versuchen wir es zusammen!“

Nach Wolf Erlbruch

Was glaubst du, wie hat Herr Meier reagiert, als er davon erfuhr, dass seine Frau fliegen gelernt hatte?

Erfinde ein Ende für die Geschichte.

2 Lies schnell. Verbinde, was zusammenpasst.

Radieschenbeet	Flugzeuge
Heftpflaster	Mullbinde
Passagiere	Garten
Kuchen	Knopf
Wintermantel	Rosinen

1 **Lies die Geschichte.**

Valentin, der Bücherwurm

Valentin ist sechs. Er trägt eine schwere Ritterrüstung und reitet auf seinem Pferd auf sein Königsschloss zu. Er reitet schnell. Hinter ihm toben die Bösewichte, die ihn verfolgen. Valentin muss schneller reiten. Er muss ihnen entkommen.

Plötzlich hört er eine Stimme: „Willst du nun Tomaten oder Radieschen auf deinem Butterbrot, Valentin?“ Das ist Valentins Mama. Valentin ist nämlich kein echter Ritter. Er ist ein ganz normaler Schüler. Aber er liebt Bücher. Und wenn er liest, versinkt er in seinen Geschichten. So ist er einmal ein Ritter, dann wieder ein Pirat. Ein Detektiv und ein Zauberer war er auch schon. Er ist schon über Meere gesegelt und er hat schon Bisons gejagt.

Beim Lesen hat Valentin schon viele spannende Abenteuer erlebt. Als Geschichtenheld ist Valentin immer viel mutiger, schlauer und stärker als der echte Valentin. Der Pirat Valentin hat niemals Angst. Der Detektiv Valentin kann jedes Rätsel lösen. Und der Zauberer Valentin kann sich die Welt zaubern, wie er möchte.

Lesen ist für Valentin das Wunderbarste auf der Welt. Deswegen vergisst er dabei auch schnell die Welt um sich herum. So wie jetzt gerade. Es ist ja schon längst Zeit fürs Abendessen. Aber zum Glück gibt es Valentins Mama. Die holt Valentin immer zurück in die Wirklichkeit. Helden müssen schließlich auch etwas essen! Nicht unbedingt einen Bison, aber zumindest ein Butterbrot!

Astrid Ulm

1 **Schau kurz auf die Texte. Wie viele Tiere kommen auf der Doppelseite vor? Lies dann die Texte.**

Der Wurm und die Ratte

Hoch vom Bücherturm
sah der Bücherwurm
eine Leseratte,
die kein Buch mithatte.

Leseratte, warte!
Ich habe eine Schwarte
tausend Seiten lang.
Achtung! Fertig! Fang!

Danke, lieber Bücherwurm
auf dem Bücherturm!
rief die Leseratte,
die ein Buch nun hatte.

Peter Maiwald

2 **Lies die Sätze. Ersetze dann die farbigen Wörter und schreib über dein Lieblingsbuch.**

Mein Lieblingsbuch

Titel: Der Grüffelo

Autor/-in: Julia Donaldson

Das Buch habe ich bekommen von: meiner Tante

Darum geht es:

Eine Maus trifft auf ihrem Spaziergang durch den Wald viele Tiere. Sie erfindet ein Ungeheuer, vor dem sich alle Tiere fürchten. Es heißt Grüffelo. Eines Tages trifft die Maus das Ungeheuer aber wirklich.

Welches Buch magst du besonders gerne? Stell es den anderen vor. Mach ein Plakat dazu, zeichne oder schreib etwas.
Gestaltet eine Bücherausstellung in der Klasse.

1 **Lies die Texte aufmerksam.**

Die Hummel

Hummeln können beißen und stechen, allerdings tun sie das nur zur Verteidigung ihres Nestes. Ansonsten sind Hummeln äußerst friedlich. Hummeln können natürlich nicht sprechen. Ebenso wie die Bienen haben sie aber eine Art Zeichensprache. Diese Zeichensprache sieht aus wie ein Tanz.

Der Schmetterling

Schmetterlinge können mit den Füßen schmecken. So können sie jederzeit erkennen, auf welcher Pflanze oder Blüte sie gerade sitzen und ob sich diese als Nahrung eignet.

Der Tausendfüßler

Eigentlich müssten sie Hundertfüßler heißen, denn sie haben höchstens 700 Füße. Tausendfüßler sind harmlose Insekten. Wenn sie sich von anderen Tieren gefährdet fühlen, scheiden sie eine übel riechende Flüssigkeit aus.

Was weißt du über Insekten?

Hast du Bücher über Insekten?
Bring sie mit und zeig sie her.

1 **Lies die beiden Texte und vergleiche sie. Was ist anders?**

Der Tausendfüßler

Der Tausendfüßler wollte mit seinen tausend Füßen
nicht mehr barfuß gehen. Er ging in einen Schuhladen
und sagte: „Ich brauche Schuhe, tausend Stück.“
Das Fräulein sagte: „Wir haben fünfhundert Paar.“
„Wunderbar!“, rief der Tausendfüßler. „Ich kaufe alle!“
„Aber es sind ganz verschiedene Sorten“, sagte das Fräulein.
„Auch recht!“, rief der Tausendfüßler. „Nur her damit!“
Da brachte ihm das Fräulein die Schuhe: Stiefel, Wanderschuhe,
Halbschuhe, Skischuhe, Gummistiefel, Stöckelschuhe, Ballettschuhe,
Turnschuhe, Filzpantoffeln*, Sandalen, Holzpantinen*.

Bis der Tausendfüßler alle tausend Schuhe angezogen hatte,
das brauchte natürlich seine Zeit.
Das Fräulein half ihm.
Endlich hatte der Tausendfüßler alle tausend Schuhe
an seinen tausend Füßen.
Er zahlte. Und dann
trippelte,
trappelte,
klapperte,
stapfte,
schlappte,
stampfte,
schlurfte
der Tausendfüßler mit den tausend Schuhen
an den tausend Füßen davon.

Josef Guggenmos

* Filzpantoffeln: Hausschuhe aus Wolle
* Holzpantinen: Holzschuhe

Hoffentlich

Hoffentlich, dachte der Schuster,
als er um Mitternacht
wie ein Stein ins Bett fiel,

hoffentlich
kommt morgen nicht schon wieder
ein Tausendfüßler!

Georg Bydlinski

2 Lies die Wünsche.
Schreib deine eigenen Wünsche ins Heft.

Hoffentlich bin ich morgen beim Fußballspiel der Tormann.

Hoffentlich machen wir in der Zeichenstunde etwas Lustiges.

Hoffentlich kocht Oma morgen zu Mittag etwas Leckeres.

Hoffentlich bekomme ich heuer ein eigenes Fahrrad.

Hoffentlich fahren wir dieses Wochenende an den See.

Hoffentlich darf ich nach der Schule meinen Freund besuchen.

1 **Lies die beiden Texte.**

Der Specht

Es hämmert der Specht:
„Wurm in der Rinde,
wenn ich dich finde,
geht es dir schlecht!“,
hämmert der Specht.
Dem Baum ist das recht.

Friedl Hofbauer

Es klopft an mein Fenster.
Sind das Gespenster?
Was klopft da im Baum?
Ist das ein Traum?
Ich spähe, ich schau,
ich schau ganz genau
am Stamm hinauf in die Krone.
Hoch oben auf dem höchsten Ast
ein schwarz-weißer Gast
mit rotem Schopf.
Klopf, klopf, klopf.
Pass auf auf den Kopf,
lieber Specht!
So ist es recht.

Renate Welsh

1 **Lies den Text. Wodurch unterscheidet er sich von den Texten auf Seite 146?**

Spechte

Es gibt über zweihundert verschiedene Arten von Spechten. Sie leben auf allen Kontinenten, außer in Australien. Spechte ernähren sich von Insekten, die sie sich mit ihrem langen, starken Schnabel aus der Rinde von Bäumen holen.

Der starke Schnabel des Spechts wirkt wie ein Presslufthammer. In einer Minute kann er mehr als tausendmal zuschlagen! Mit seinem Schnabel bohrt der Specht nicht nur nach Insekten. Er bohrt sich Löcher in Bäume. In diesen Löchern baut er dann sein Nest.

Die größten Sprechte in Europa sind die Schwarzspechte. Sie werden etwa einen halben Meter groß.

Hast du schon einmal einen Specht gesehen?
Kannst du beschreiben, wie er ausgesehen hat?
Wie lang ist ein halber Meter?

2 **Lies schnell.**

Specht | Speck | Specht | Speck | Specht | Speck

Presslufthammer | Speisekammer | Presslufthammer

zuschlagen | Mantelkragen | zuschlagen | Mantelkragen

11.

1 **Lies den Text.**

Kelo von Vulkania

Kelo lebt auf dem Vulkan-Planeten Vulkania. Kelo sieht aus wie ein Mini-Mensch. Er ist so klein wie eine Milchflasche. So blass ist er auch. Kelo steckt in einem neongelben Schutzanzug. Den muss er Tag und Nacht tragen. Einen neongelben Helm hat er auch auf.

Auf dem Vulkan-Planeten sehen alle Einwohner so aus. Richtige Menschen leben dort nicht. Für die wäre es dort viel zu gefährlich. Schuld daran ist Vulkanias Superkoch: Meister Pizzschnitz. Der kocht jeden Tag in seiner Riesenküche unter der Erde. Dann liefert er das Essen nach oben an alle Bewohnerinnen und Bewohner des Planeten.

Manchmal passiert Meister Pizzschnitz jedoch ein Missgeschick. Das geschieht meistens dann, wenn er Gulasch kocht. Dann geht ihm sein Riesenkochtopf über und das ganze heiße Gulasch schießt durch den Kamin der Riesenküche an die Oberfläche Vulkanias.

Darum tragen auch alle ihre feuerfesten Schutzanzüge. Damit sich niemand verbrennt, wenn es Gulasch regnet. Ob es Vulkania wirklich gibt? Was denkst du?

Astrid Ulm

1 **Lies den Text.**
Wodurch unterscheidet er sich vom Text auf Seite 148?

Was passiert, wenn ein Vulkan ausbricht?

Hast du schon einmal eine Limonadenflasche
mit dem Daumen zugehalten und dann geschüttelt?
Dann hast du sicher gemerkt, dass sich in der Flasche
ein großer Druck bildet.
Wenn du dann den Daumen loslässt,
zischt das Getränk aus der Flasche.

Genau das Gleiche passiert, wenn ein Vulkan ausbricht.
Im Inneren des Vulkans entsteht großer Druck.
Dadurch wird flüssiges Gestein hochgeschleudert.
Dabei kommt es auch zu heftigen Explosionen.

Vulkane gibt es in vielen Ländern der Erde, zum Beispiel in Italien.

2 **Lies schnell. Verbinde, was zusammenpasst.**

Genau das Gleiche passiert, •	• entsteht großer Druck.
Im Inneren des Vulkans •	• wenn ein Vulkan ausbricht.
Dadurch wird flüssiges •	• Gestein hochgeschleudert.
Dabei kommt es auch •	• in vielen Ländern der Erde.
Vulkane gibt es •	• zu heftigen Explosionen.

11.

1 **Schau dir ganz kurz den Text an.**
Welche Länder werden genannt?
Welche Länder kennst du noch?

42

Ein Europa – viele Sprachen

Frankreich, Deutschland, Spanien, Italien.
Das sind die Namen einiger Länder Europas.
Österreich liegt in Europa.

In Europa leben viele Millionen Menschen und darunter mehrere Millionen Kinder. Wenn Menschen aus verschiedenen Ländern Europas einander „Guten Tag“ sagen, dann klingt das so:

Kennst du andere Länder, die zu Europa gehören?
Warst du schon einmal in einem anderen Land?
Kennst du Wörter aus anderen Sprachen?

Material: 1: Audio 42

1 **Lies das Gedicht.**

Das Lied vom Anderssein

Im Land der Blaukarierten sind alle blaukariert.
Doch wenn ein Rotgefleckter sich mal dorthin verirrt,
dann rufen Blaukarierte: „Der passt zu uns doch nicht!
Er soll von hier verschwinden, der rotgefleckte Wicht!"

Im Land der Rotgefleckten sind alle rotgefleckt.
Doch wird ein Grüngestreifter in diesem Land entdeckt,
dann rufen Rotgefleckte: „Der passt zu uns doch nicht!
Er soll von hier verschwinden, der grüngestreifte Wicht!"

Im Land der Grüngestreiften sind alle grüngestreift.
Doch wenn ein Blaukarierter so etwas nicht begreift,
dann rufen Grüngestreifte: „Der passt zu uns doch nicht!
Er soll von hier verschwinden, der blaukarierte Wicht!"

Im Land der Buntgemischten sind alle buntgemischt.
Und wenn ein Gelbgetupfter das bunte Land auffrischt,
dann rufen Buntgemischte: „Willkommen hier im Land!
Hier kannst du mit uns leben, wir reichen dir die Hand!"

Klaus W. Hoffmann

2 **Ergänze die Sätze und schreib ins Heft.**

Egal, ob wir groß sind oder klein,
ob wir dick sind oder … ,
ob … ,
ob … .
Wir Menschen sind alle gleich!

11.

1 **Lies schnell.**

er

man

einen

fällen

wachsen

braucht's

Jahrhundert

Viertelstunde

bewundert

bedenken

schönen

Bäume

ihn

zu

2 **Lies die beiden Texte.**
Unterstreiche die Informationen, die für dich neu sind.

Der Baum

Zu fällen einen schönen Baum,
braucht's eine Viertelstunde kaum.
Zu wachsen, bis man ihn bewundert,
braucht er, bedenkt es, ein Jahrhundert.

Eugen Roth

Aus Samen wird Leben

Ist es nicht ein Wunder, dass aus einem harten, kleinen Samenkorn eine wunderschöne Sonnenblume entstehen kann? Oder ein Marillenbaum, eine Kohlrabipflanze oder eine Tomatenstaude?

Sammle verschiedene Samenkörner und klebe sie auf ein großes Blatt. Klebe neben jedes Samenkorn ein Bild der Blume, des Baumes oder der Gemüsesorte, die aus dem Samenkorn wächst. Dann schreib ihre Namen darunter.

Schau dir alle Samenkörner genau an. Sie sehen alle etwas anders aus. Sie haben ihre eigene Form und Farbe. Aus einem Apfelkern wird immer ein Apfelbaum und niemals eine Tulpe. Aus einem Kirschkern wird immer ein Kirschbaum und niemals eine Karotte.

3 Lies die Sätze.
Ersetze dann die farbigen Wörter und schreib ins Heft.

Das denke ich!

Aus einer Tulpenzwiebel wird immer eine Tulpe
und niemals ein Zwetschkenbaum.
Frag nicht warum, das ist einfach so!
Aus einem Mandelkern wird immer ein
Mandelbaum und niemals ein Gänseblümchen.
Frag nicht warum, das ist einfach so!

11.

1 **Kennst du das Buch über Pettersson und Findus? Erzähle davon. Lies diesen Ausschnitt.**

Findus im Gemüsebeet

Der alte Pettersson stand im Gemüsegarten und schaute sich um und prüfte die Erde. „Jetzt ist es soweit“, sagte er. „Heute können wir Gemüse säen und Kartoffeln setzen.“ Kater Findus flitzte herum und erschreckte die Käfer. „Was heißt das, setzen?“, fragte er. „In die Erde stecken. Wenn wir Mohrrübensamen in die Erde säen, wachsen dort Mohrrüben*. Und aus jeder Kartoffel, die wir in die Erde legen, werden fünf bis zehn neue Kartoffeln.“ Der Kater sah den Alten streng an. „Aber ich mag keine fünf bis zehn neue Kartoffeln und Mohrrüben auch nicht. Können wir nicht lieber Fleischklößchen* pflanzen?“ „In die Erde stecken können wir sie immer. Aber sie werden nicht wachsen“, sagte Pettersson. „Man kann’s ja mal versuchen“, sagte Findus. „Na gut, tu das. Zuerst müssen wir jedoch umgraben und harken*.“ Findus lief los und holte eins der Fleischklößchen, die von gestern übrig geblieben waren. Pettersson grub das Gemüsebeet um und harkte die Erde glatt. Dann säte er die Samen in geraden schönen Reihen, Mohrrüben-, Zwiebel-, Erbsen- und Bohnensamen. Der Kater pflanzte sein Fleischklößchen. Von Zeit zu Zeit lief er hin, um nachzusehen, ob es schon gewachsen war.

Sven Nordqvist

? ...

Was meinst du? Werden die Fleischbällchen wachsen, die der Kater in die Erde gesteckt hat?
Sag, warum du das meinst.

* Mohrrüben: Karotten
* Fleischklößchen: Fleischbällchen
* harken: rechen

1 **Lies den Text ganz genau. Bastle selbst ein Samenmännchen.**

Samenmännchen

Das brauchst du dazu:

- Katzengrassamen aus der Tierhandlung
- Schere
- Watte oder Erde
- Klebstoff
- 2 bunte Knöpfe
- Buntpapier
- ein altes Gurkenglas
- ein Stück Schnur
- eine kaputte Strumpfhose

Schneide ein ca. 30 cm langes Stück aus einem Bein der Strumpfhose. Fülle zwei Esslöffel Grassamen ein und gib Erde oder Watte darüber. Binde die Strumpfhose mit der Schnur so zu, wie du dies auf der Zeichnung siehst. Schneide aus Buntpapier Nase und Mund aus und klebe sie auf den Kopf des Männchens. Klebe noch zwei Knöpfe für die Augen auf. Setz das Männchen auf das Gurkenglas mit Wasser und stell es auf einem hellen Platz auf. Du kannst nun beobachten, wie lange es dauert, bis dem Männchen Haare aus Gras wachsen.
Katzen fressen gern von diesem Haar.
Wenn die Haare zu lang werden,
kannst du auch Friseur spielen.

Nach Sven Nordqvist

1 **Welcher Teil des Textes gefällt dir am besten? Warum? Lies ihn laut vor.**

Die Jahreszeiten

Die Sonne schmilzt den letzten Schnee.
Es zwitschert und tönt im Vogelreich.
Ich zähle die Veilchen am Wegesrand.
Schau, da sind Kaulquappen im Teich!
Endlich Frühling!

Wie herrlich – das Wetter könnt' schöner nicht sein!
Am Morgen ist es schon heiß.
Im Freibad vergeht der Tag viel zu schnell.
Ich ess' jeden Tag Zitroneneis!
Endlich Sommer!

Es ist kühl, doch ich setz' die Mütze nicht auf.
Da stell' ich mich ganz einfach taub.
Die Blätter färben sich gelb und rot.
Unter den Füßen raschelt das Laub.
Endlich Herbst!

„Sauwetter!“, sagt unser Nachbar laut
und schüttelt den Schnee vom Hut.
„Die blöde Kälte, das dumme Eis!“
Doch mir gefällt das alles recht gut!
Endlich Winter!

2 **Lies schnell. Welche Wörter kommen nicht in der Geschichte vor? Streiche durch.**

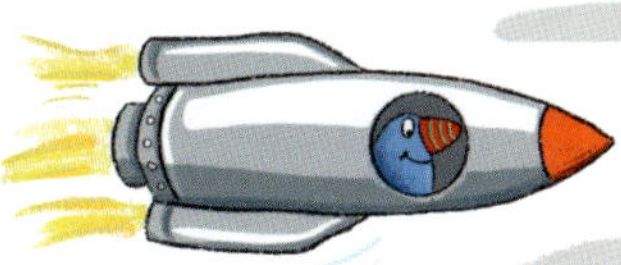

Kaulquappe | Mückenplage | Wegesrand | Vogelreich

▸ Königreich | Frühling | Herbst | Winter

▸ Freibad | Hallenbad | Veilchen | zwitschert

▸ Sommer | Zitroneneis | Sauwetter | Gänseblümchen

▸ raschelt | schüttelt | rüttelt | schmilzt

1 **Hör zu. Was siehst du auf dem Bild?**

43

2 **Lies die beiden Gedichte.**
Such dir eines aus und lerne es auswendig.

Die Schnecke im Winter

Naht der Winter,
geh ich ins Haus,
mache die Türe zu:
Winter bleib drauß!

Zu ist die Türe.
Komme, wer will:
Ich bin zu sprechen
erst im April.

Josef Guggenmos

Waldwinter

Der weiße Himmel
aus den Wolken gefallen
liegt auf den Wegen

Landschaft wie vereist
schwarze Vögel auf Bäumen
der Bach sagt kein Wort

Waldtiere spüren
dass auch diesmal der Frühling
sein Versprechen hält

Edith Schreiber-Wicke

Material: 1: Audio 43

1 Lies die Geschichte.

Weihnachten

Ahmed und Jakob gehen in dieselbe Klasse. Sie sind beste Freunde. Es ist kurz vor Weihnachten und alle Kinder sind schon ganz aufgeregt. Morgen beginnen die Weihnachtsferien. Jakob fragt: „Was wirst du in den Weihnachtsferien machen, Ahmed?“ „Ich werde mit meinen Eltern zu meiner Oma nach Ägypten fliegen“, antwortet Ahmed. „Darauf freue ich mich schon sehr.“

Jakob kann sich das gar nicht vorstellen. Weihnachten ohne Schnee und ohne Weihnachtsbaum – das wäre nichts für ihn. Aber er wünscht seinem Freund trotzdem schöne Ferien.

Am 24. Dezember geht Ahmed abends zum Strand. Er baut eine riesengroße Sandburg. Die schmückt er mit vielen schönen Muscheln. Auf die Spitze der Burg steckt er eine Kerze und zündet sie an. Er macht ein Foto und schickt es seinem Freund Jakob. Und Jakob macht ein Foto von sich unter dem Weihnachtsbaum. Das schickt er nach Ägypten. Und unter beiden Bildern steht: „Frohe Weihnachten, mein Freund.“

Astrid Ulm

11.

1 **Lies das Gedicht.**

Ostereier

Schau doch, die vielen bunten Eier!
Wer hat die Farben so schön gemischt?
Wer malte die blauen, die gelben, die roten?

Der Osterhase mit flinken Pfoten.
Und ausgerechnet an Mutters neuer
Schürze hat er sie abgewischt!

Christine Busta

2 **Ein Wort pro Zeile ist anders. Kreise ein.**

Schürze	Schürze	Schürze	Scherze	Schürze	Schürze	Schürze
Osterhase	Osterhase	Osterhose	Osterhase	Osterhase	Osterhase	
gemischt	gemischt	gemischt	gemischt	gemischt	gemixt	gemischt
Ostereier	Ostereier	Ostereier	Osterfeier	Ostereier	Ostereier	Ostereier
ausgerechnet	ausgerechnet	ausgerechnet	ausgeregnet	ausgerechnet		

1 **Lies das Gedicht laut vor.**

Das Schokoladenei

Ein Ei aus Schokolade,
zum Essen viel zu schade.

Da scheint die Sonne auf das Ei
und übrig bleibt nur brauner Brei.

2 **Lies dir die Anleitung gut durch. Gelingt es euch auch, Eier zu färben?**

So kannst du Eier färben:

Mit Zwiebelschalen bekommst du gelbe bis braune Eier.
Grün werden die Eier mit Spinat oder Brennnesselblättern.
Rote Eier färbst du mit dem Saft von roten Rüben.

Auf einen Liter Wasser brauchst du:
3 Handvoll Zwiebelschalen, oder
25 dag Brennnesseln oder Spinat, oder
1/4 Liter Saft von roten Rüben.

Und so wird es gemacht:
Du setzt die Färbemittel jeweils mit einem Liter kalten Wasser auf.
Dann kochst du alles 30 bis 45 Minuten.
Rohe Eier werden gleich in dem Sud mitgekocht (ca. 10 Minuten).
Essig im Wasser bringt die Farben zum Leuchten.

1 **Lies die Geschichte.**

Schweinchen Ferdi im Einsatz

Ferdi ist ein kleines rosarotes Schweinchen. Es wohnt bei Bauer Toni im Stall. Ferdi sieht sehr niedlich aus. Aber er mag seine rosarote Haut nicht. Er hätte gern ein schönes weiches Fell wie ein Meerschweinchen. Oder dichte dunkle Borsten wie ein Wildschwein. Oder wilde Stacheln wie ein Stachelschwein.

Aber Ferdi hat rosarote Haut. Wie ein Baby. Eines Tages will Bauer Toni die kaputte Lampe im Stall reparieren. Dabei fällt er von der Leiter. Bauer Toni schreit. Er kann nicht mehr aufstehen. Er hat sich ein Bein gebrochen. Schweinchen Ferdi ist schlau. Flink läuft es zum Bauernhaus. Es grunzt und quiekt so lange, bis die Bäuerin mit ihm mitkommt. Kurz darauf kommt die Rettung. Stolz sagt die Bäuerin: „Das ist unser Rettungs-Schweinchen Ferdi. Es ist schlauer als jeder Rettungshund!“ Ferdi grunzt zufrieden. Er denkt: „Es ist doch ganz egal, dass ich rosa bin! Ich bin ein Rettungs-Schwein! Ich bin toll!“

Astrid Ulm

1 **Lies den Text. Kannst du ihn auswendig lernen?**

Wenn die Schnecke auf Urlaub geht

„Ich kann das Kofferschleppen nicht leiden,
ich packe nicht gerne ein und aus“,
sagte die kleine Schnecke bescheiden
und verreiste gleich mit dem ganzen Haus.

Christine Busta

2 **Findest du die Fehler?**
Vergleiche mit dem Text und schreib richtig auf.

Koferschlepen: ______________________________

pake: ______________________________

vereiste: ______________________________

schnecke: ______________________________

Urluab: ______________________________

11.

1 **Lies die Geschichte.**

Adrian und das Meer

Adrian ist mit seinen Eltern auf Urlaub in Griechenland. Adrian kann noch nicht schwimmen. Sein Papa möchte es ihm beibringen. Aber Adrian hat keine Lust. Das Wasser ist ihm zu kalt. Die Wellen erschrecken ihn. Er hat Angst vor dem tiefen Wasser. Das salzige Meerwasser brennt ihm in den Augen. Und die kleinen Fische im Wasser findet er ekelig.

„Wozu soll ich schwimmen lernen? Ich will ja gar nicht hinein in dieses gruselige blaue Meer!“, denkt Adrian. Also sitzt er den ganzen Tag in seinem Liegestuhl und spielt auf seinem Handy. Irgendwann geht Adrians Handy-Akku aus. Das Ladegerät haben seine Eltern zu Hause vergessen. Adrian ist verärgert. Wie kann sowas nur passieren? Jetzt ist ihm langweilig. Beleidigt setzt er sich ans Meer.

Plötzlich steht ein Mädchen vor ihm und sagt: „Kommst du mit mir ins Wasser? Wir könnten schwimmen, Fische beobachten oder mit dem Wasserball spielen.“ Das Mädchen sieht nett aus.

Adrian wird rot. Er will nicht zugeben, dass er gar nicht schwimmen kann. Das Mädchen lächelt. „Du musst dich nicht schämen, wenn du nicht schwimmen kannst. Ich habe es auch erst letzte Woche gelernt. Komm – ich helfe dir beim Lernen!“

Adrian will nicht sagen, dass er auch ein bisschen Angst vor dem Wasser hat. Also ruft er: „Gute Idee!“ Dann holt er seinen Papa. Zur Sicherheit! Ein paar Tage später kann Adrian schwimmen. Jeden Tag hat er viel Spaß im Meer. Das Mädchen und er sind Freunde geworden. Und das Meer und er auch.

Astrid Ulm

Textnachweis

S. 97: Anger-Schmidt, Gerda: Nach einem Streit, aus: Anger-Schmidt, Gerda: Sei nicht sauer, meine Süße! Dachs Verlag, Wien 1997.

S. 100: Guggenmos, Josef: Ein Hase, der gern Bücher las, aus: Guggenmos, Josef: Oh Verzeihung, sagte die Amsel. Beltz und Gelberg, Weinheim 1990.

S. 115: Maar, Paul: Der Dachs, aus: Maar, Paul: Lesezauber. Volk und Wissen, Berlin 1997.

S. 121: Morgenstern, Christian: Der Schnupfen, aus: Morgenstern, C. & Zwerger, L.: Kindergedichte und Galgenlieder. Ausgewählt und illustriert von Lisbeth Zwerger. Neugebauer, Salzburg 1995.

S. 128: Preußler, Otfried: Die kleine Hexe. Thienemann, Stuttgart 1996.

S. 129: Nordqvist, Sven: Zauberei mit Tulpe, aus: Danielsson, K., Nordqvist, S. & Kutsch, A.: Pettersson und Findus. Mit Findus durchs ganze Jahr: Aus d. Schwed. v. Angelika Kutsch. Oetinger, Hamburg 1999.

S. 133: Simon, Eva: Fernsehen, aus: Simon, Eva: Geschichten von Jan und Knispel. Deutscher Taschenbuchverlag, München 1987.

S. 134.1: Janisch, Heinz: Die Reise, aus: Janisch, Heinz: Ich schenk dir einen Ton aus meinem Saxofon. Jungbrunnen, Wien 1999.

S. 134.2: Janisch, Heinz: Wenn es schneit, aus: Janisch, Heinz: Ich schenk dir einen Ton aus meinem Saxofon. Jungbrunnen, Wien 1999.

S. 135: Janisch, Heinz: Versteckspiel, aus: Janisch, Heinz: Ich schenk dir einen Ton aus meinem Saxofon. Jungbrunnen, Wien 1999.

S. 136–139: Erlbruch, Wolf: Frau Meier, die Amsel. Peter Hammer Verlag, Wuppertal 1995.

S. 142: Maiwald, Peter: Der Wurm und die Ratte, aus: Vendel, E.V.D. & Tornai, N. (Hrsg.), Hier wohnt mein Glück. Bloomsbury, Berlin 2012.

S. 144: Guggenmos, Josef: Wer braucht tausend Schuhe. Stalling Verlag, Oldenburg 1980.

S. 145: Bydlinski, Georg: Hoffentlich, aus: Bydlinski, Georg und Holland, Carola: Der dicke Kater Pegasus. Dachs Verlag, Wien 2000.

S. 146: Hofbauer, Friedl: Der Specht, aus: Hofbauer, Friedl: Die große Wippschaukel. Herder, Wien 1985.

S. 151: Hoffmann, Klaus W.: Das Lied vom Anderssein, aus: Maierhofer, L., Kern, W. & Kern, R.: Sim Sala Sing, Ausgabe Österreich - Lieder zum Singen, Spielen, Bewegen und Gestalten in der Klasse. Helbling, Rum/Innsbruck 2019

S. 152: Roth, Eugen: Der Baum, aus: Roth, Eugen: Traum des Jahres. Hanser, München 1986.

S. 154: Nordqvist, Sven: Aufruhr im Gemüsebeet. Oetinger, Hamburg 1991.

S. 155: Nordqvist, Sven: Samenmännchen, aus: Danielsson, K., Nordqvist, S. & Kutsch, A: Pettersson und Findus. Mit Findus durchs ganze Jahr: Aus d. Schwed. v. Angelika Kutsch. Oetinger, Hamburg 1999.

S. 158: Guggenmoos, Josef: Die Schnecke im Winter, aus: Was denkt die Maus am Donnerstag? dtv junior, München 1971.

S. 158: Schreiber-Wicke, Edith: Waldwinter, aus: Vendel, E.V.D. & Tornai, N. (Hrsg.), Hier wohnt mein Glück. Bloomsbury, Berlin 2012.

S. 160: Busta, Christine: Ostereier, aus: Busta, Christine: Die Zauberin, Frau Zappelzeh. Otto Müller Verlag, Salzburg 1979.

S. 163: Busta, Christine: Wenn die Schnecke auf Urlaub geht, aus: Busta, Christine: Die Zauberin, Frau Zappelzeh. Otto Müller Verlag, Salzburg 1979.

Bildnachweis

143.1 Hummeln: Den/Fotolia; 143.2 Schmetterling: amphaiwan/Fotolia; 143.3 Tausendfüßler: Direk Takmatcha/Adobe Stock; 147 Schwarzspecht: Martin Pelanek/shutterstock

Horst Fröhler / Herbert Puchta

LILO

Schreiblehrgang Druckschrift

1

HELBLING

Vorübungen

1 **Zeichne weiter.**

2 **Zeichne weiter.**

1 Ziehe nach und zeichne weiter.

2 Zeichne weiter.

1 Zeichne weiter.

2 Ziehe nach und zeichne weiter.

1 Zeichne weiter.

2 Ziehe nach und zeichne weiter.

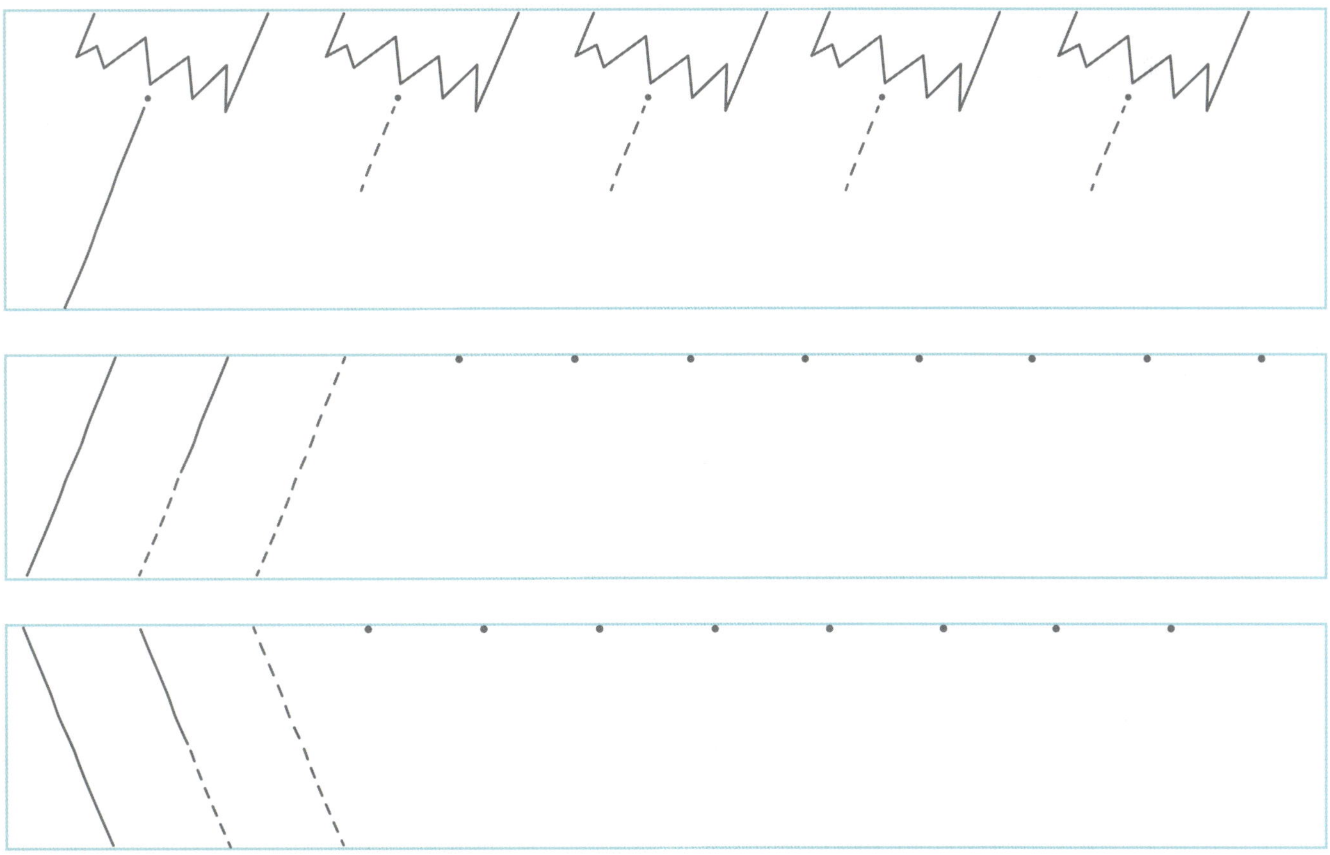

1 **Ziehe nach.**

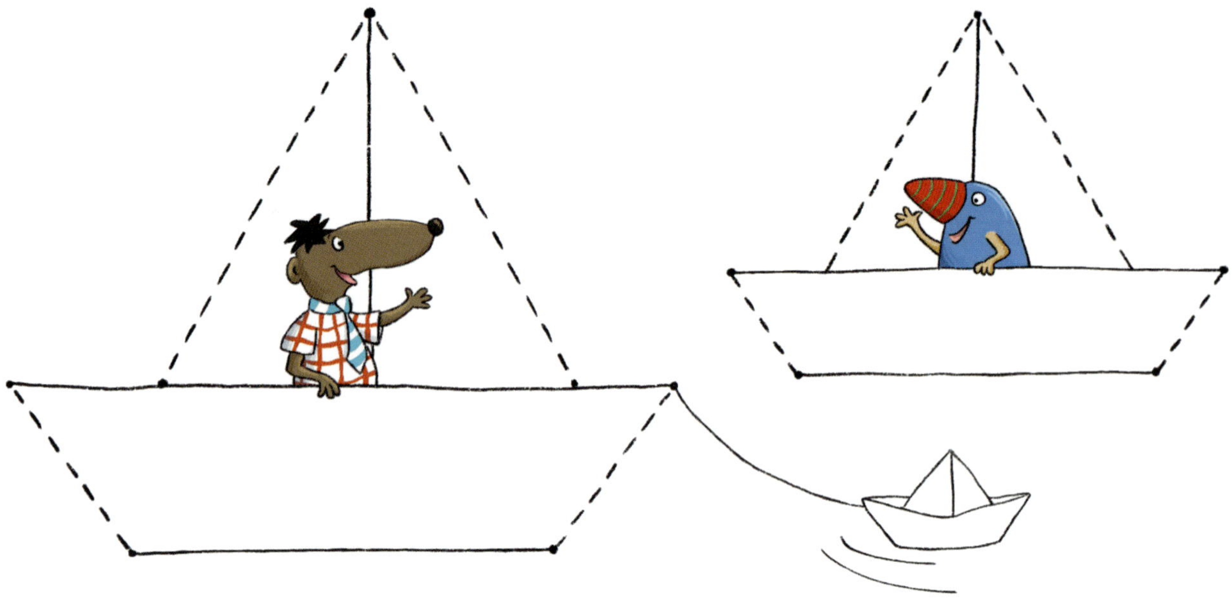

2 **Zeichne weiter.**

3 **Zeichne allein.**

1 **Ziehe nach und zeichne weiter.**

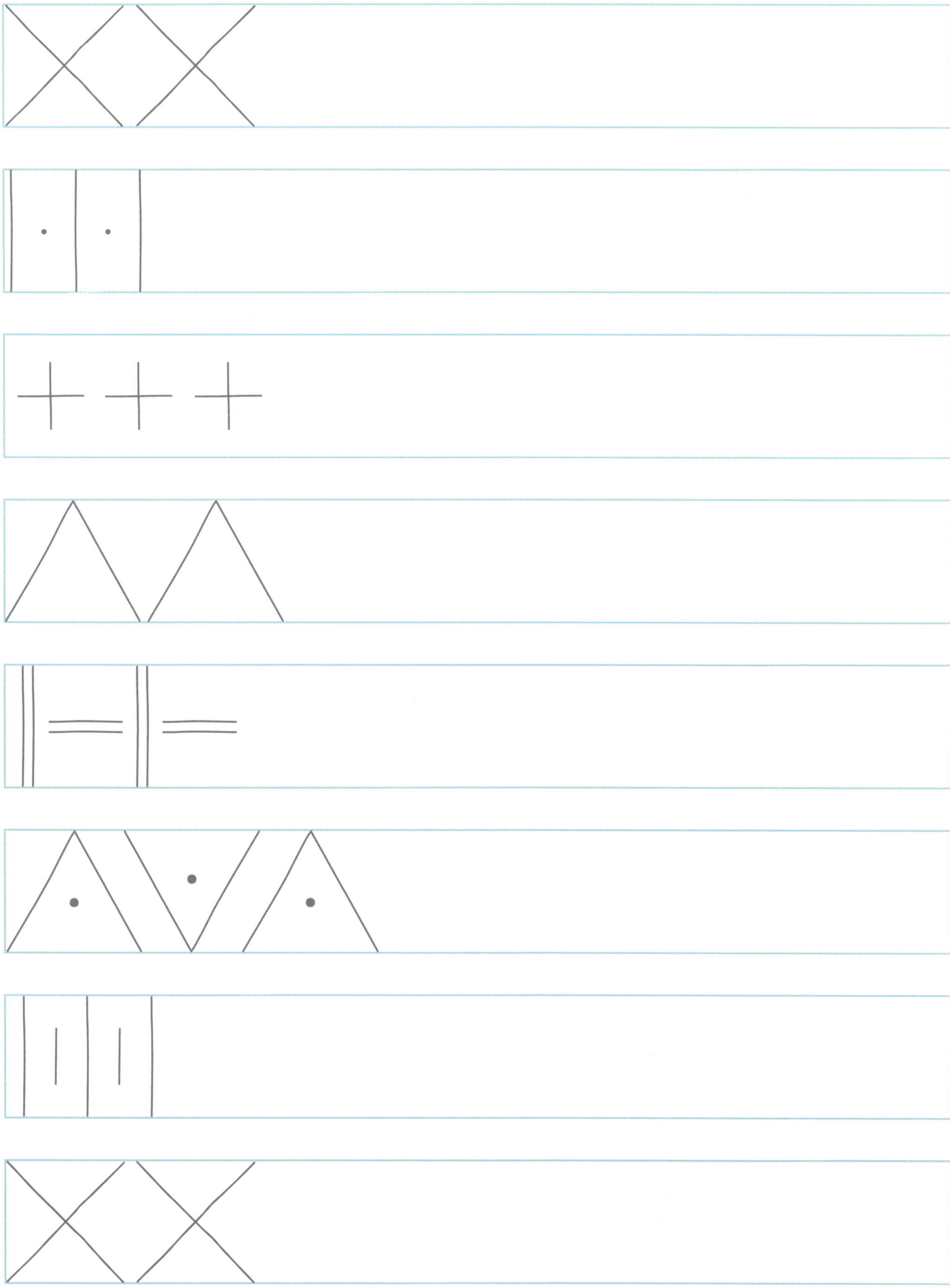

1 **Ziehe nach und zeichne weiter.**

2 **Zeichne allein.**

1 Ziehe nach und zeichne weiter.

2 Ziehe nach und zeichne weiter.

1 **Zeichne Kreise in die Blumen.**

2 **Ziehe nach und zeichne weiter.**

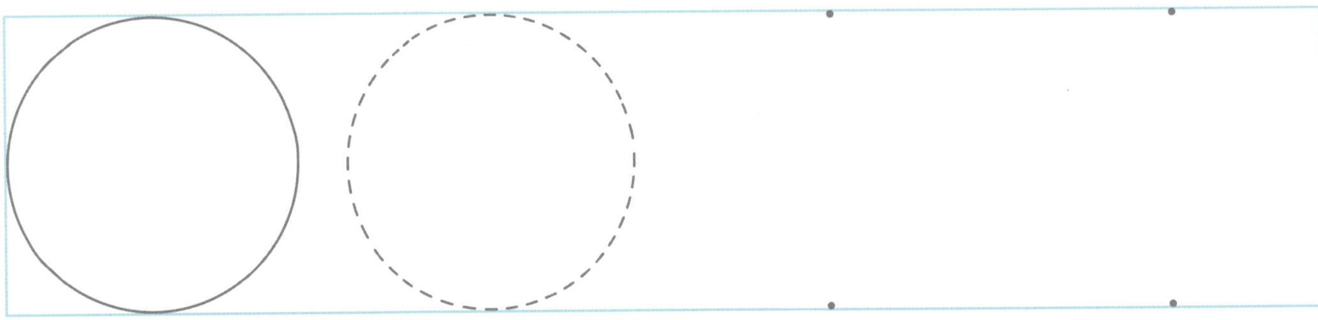

1 Ergänze die Muster.

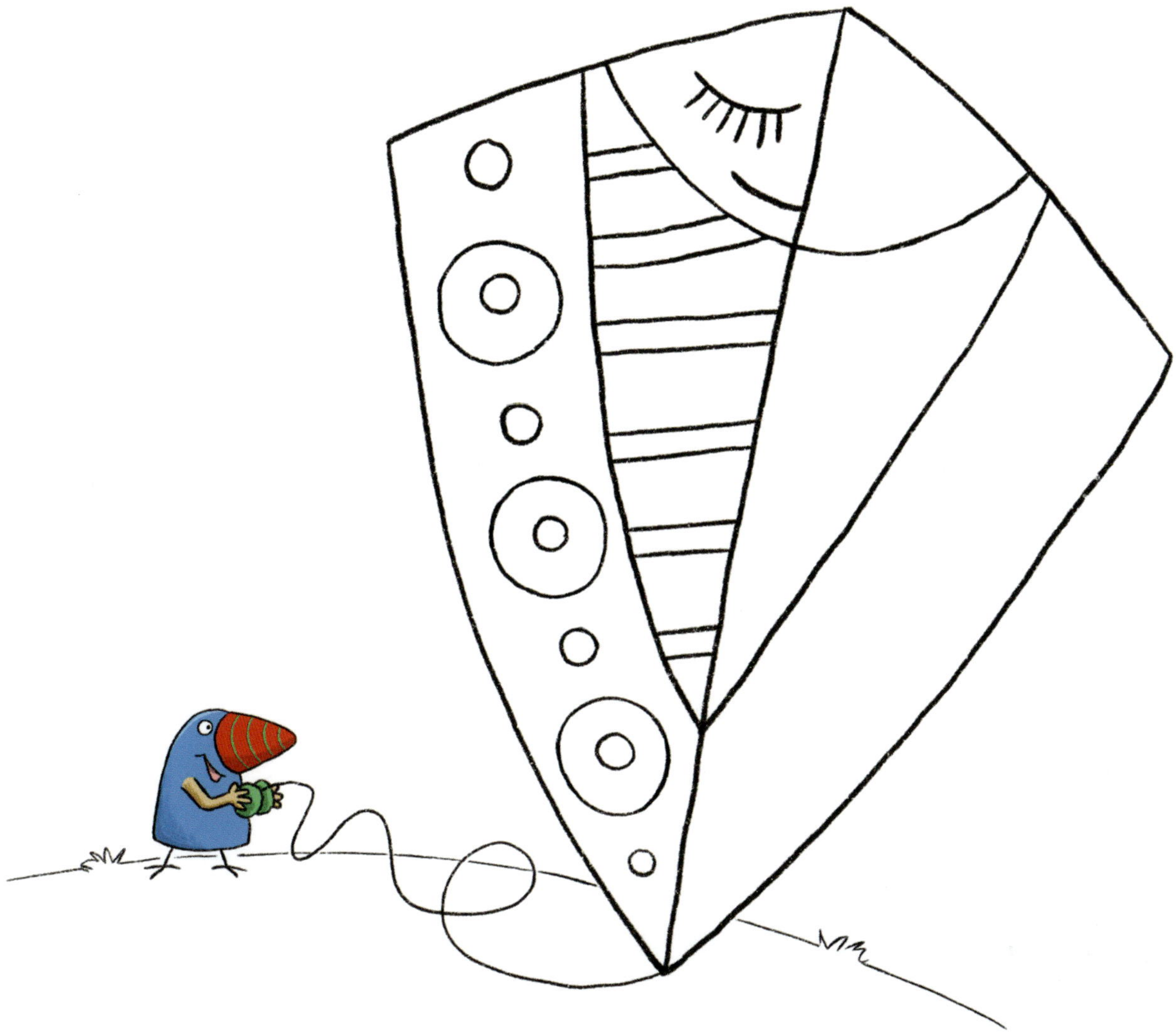

2 Ergänze die Muster.

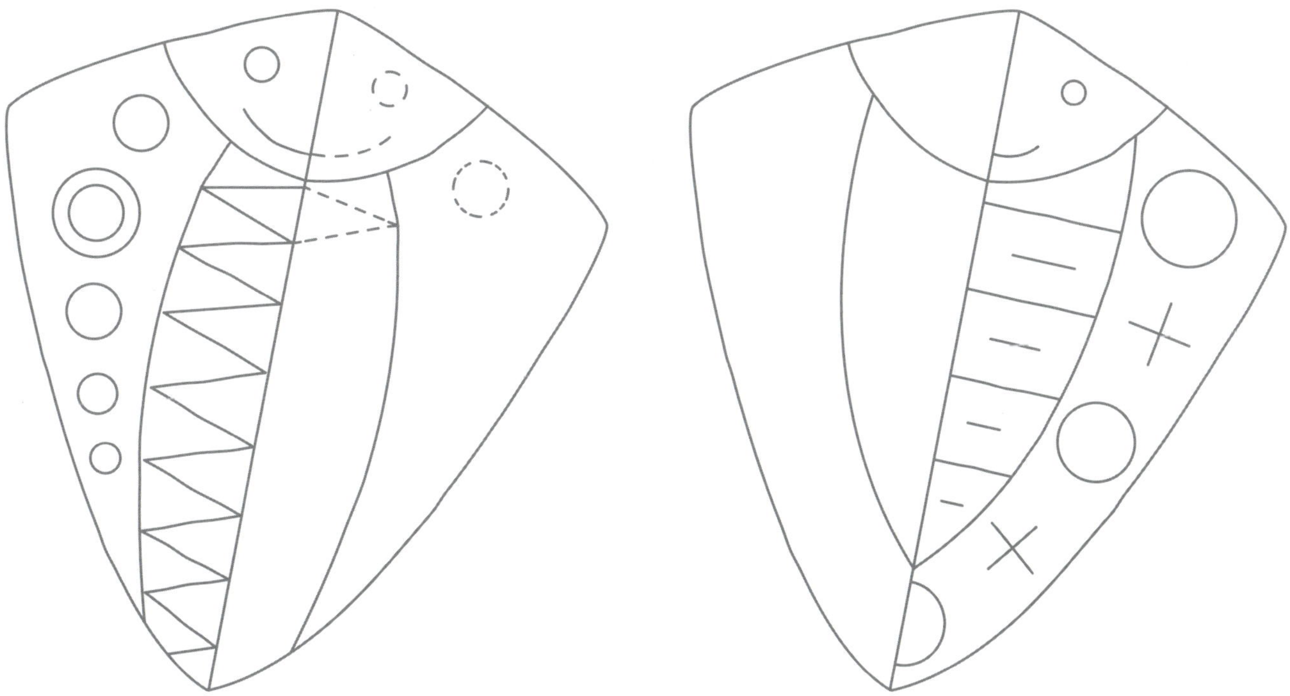

1 Ziehe nach und zeichne weiter.

2 Ziehe nach und zeichne weiter.

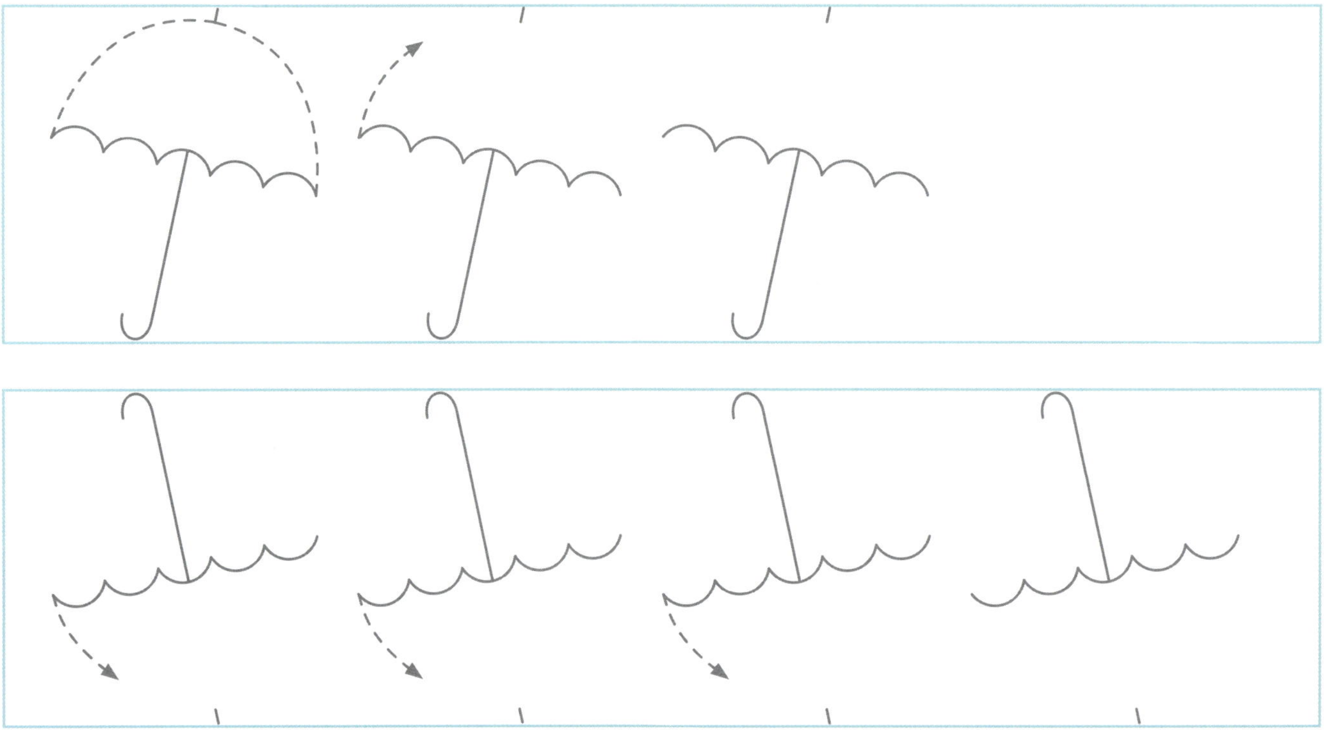

1 **Ziehe nach und ergänze die Muster.**

2 **Ziehe nach und zeichne weiter.**

1 **Verziere die Torte. Ergänze die Muster.**

2 **Ziehe nach und zeichne weiter.**

1 **Verziere die Burg.**

2 **Ziehe nach und zeichne weiter.**

1 **Ziehe nach und zeichne weiter.**

2 **Ziehe nach und zeichne weiter.**

1 Du kennst schon viele Muster. Zeichne nun eigene.

Mit Filzstiften nachziehen und schreiben.

L l

1. Aa Ii Ll Mm

Mm

Aa

1. Aa Ii Ll Mm

Ii Ll

Mm

Aa

la li

ma

im

am

Mama

Alm

Lama

lila

Ali

il al

im am

1 **Ordne zu und schreib.**

im – am?

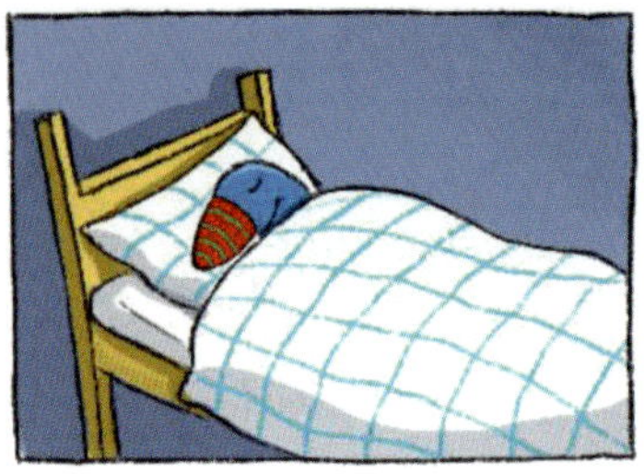

im

Alm – Lama?

L

2 **Trenne die Wörter und schreib.**

A l m l i l a A l i

Oo

Ss

Ww

Ee

Wa

Si si

so

es

wo

los

mal

Emil

1 Fahre die Linien mit dem Finger nach. Lies und schreib.

E m i l

E

L i l o

L

M a m i

Lilo

Oma

Omi

Mama

Mami

Wal

im

am

1 Ordne zu und schreib.

Emil | Wal | Oma | Mama | Alm

O

1 **Ordne zu und schreib.**

im | Wilma | Amsel | im | ~~Lama~~

Leo im  .

Lama Lea .

Else im .

Ali .

Oma im .

Wal im .

3. Hh Ff Nn Rr

Hh

Nn

Rr

Ff

ha

ho

in

wo

he

Rose

Nase

Ralf

rosa

1 **Verbinde zu Wörtern und schreib.**

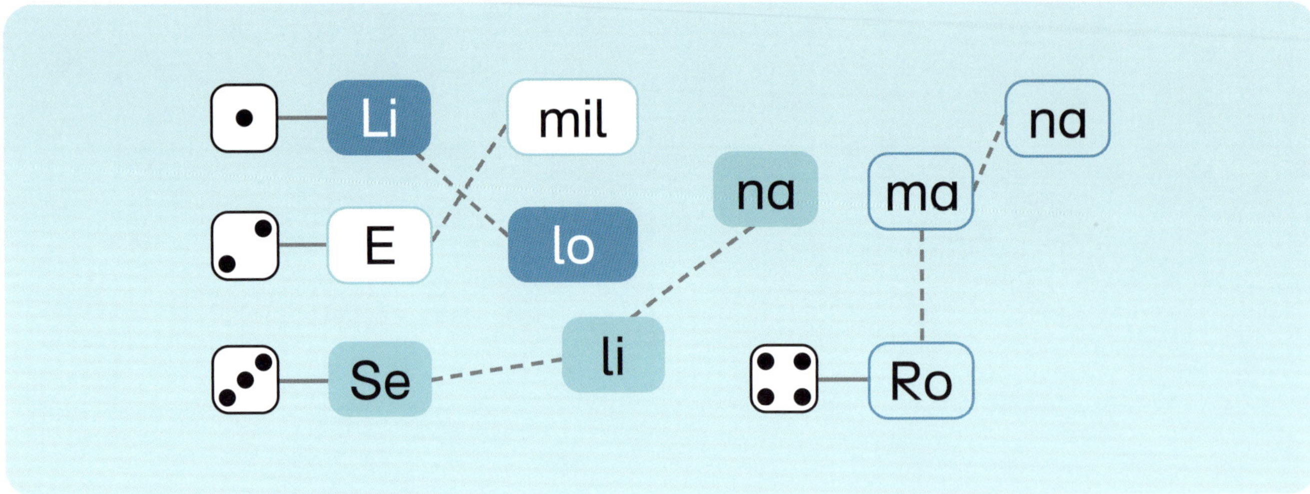

Lilo

1 **Ordne zu und schreib.**

Lineal | Film | Lilo | Nase | Rose

F

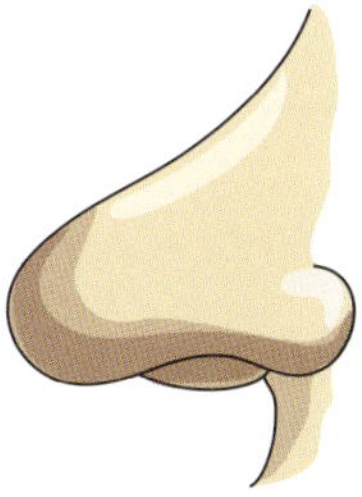

3. Hh Ff Nn Rr

Ralf

Rosi

Maria

Mario

Hans

Sara

1 **Lies und ergänze die Namen.**

Mia | Elsa | Leo | Nina | Mario

1 Ordne zu und schreib.

im | Lilo | was | Mars

Emil

am .

Film.

Na so !

1 Ordne zu und schreib. Ziehe das Rufzeichen farbig nach.

Na so was! | Also los!

1 **Ergänze und zeichne. Schreib Namen als Satzanfänge.**

Wer war wo?

im | am

Mario war am .

war im .

.

.

4. Tt Uu Ei ei Au au ch

Uu

ei

ch

Tt

au

4. Tt Uu Ei ei Au au ch

Ta ta

To to

um

Rufus

uns

nun

ich

Haus

Auto

Reise

leise

Heft

Es ist so laut.

1 **Lies und schreib.**

Leiter Milch Seife

Leiter

Haus Loch Reise

Auto laut lachen

Rauch Eis Maus

1 **Lies und schreib.**

Oma ist da. | Seine Hand ist rot. | Ein Wal ist im Auto.

Manuel weint.
Was ist los?

Irene lacht.
Was ist los?

Selina ist ratlos.
Was ist los?

1 **Lies und schreib.**

Ich trau mich ... | Ich trau mich nicht ...

Maus ich lese

wir lachen

Mach mir auf!

5. -en -er -el Dd

Dd

der

das

das Eis

eine Frau

deine Oma

ich lache

wir laufen

mach mit

Ruf mich um elf an!

1 Ordne zu und schreib.

Maus | lachen | Frau | ~~rechnen~~ | Winter | lesen | Auto

rechnen

1 Hör zu und ergänze richtig.

19

es war mein | ~~Mach Licht~~ | ist los | eine Maus

Mach Licht!

Was ?

War es

?

Nein,

Hamster.

1: Audio 19 anhören und fehlende Wörter in Sprechblasen ergänzen.

1 **Lies und ergänze.**

Im Wald

den Wald | der feinste Ort | Teo
eine Reise | nicht dein Ernst

, machst du
?

Nur in
, Mama!

Der Wald ist
der Welt.

Mira! Das ist
!

1: Dialog entsprechend Fibelseite 53 ergänzen.

1 **Lies und ergänze.**

Was malen wir?
Was machen wir?
Was lesen wir?

Was … wir?

Eine lila Maus.

… wir?

Lilos Hefte.

…?

Milchreis.

1 **Ordne zu und schreib.**

Seltsame Sachen

mit Milch | mit Ameisen | mit Reis | ~~mit Seife~~

Eis mit Seife

Senf

Tomatensaft

Maroni

1 **Würfle und schreib.**

Was machen wir?

mit

mit

mit